ミネルヴァ日本評伝選

俳句あり則ち日本文学あり

正岡子規

井上泰至著

ミネルヴァ書房

刊行の趣意

「学問は歴史に極まり候ことに候」とは、先哲荻生徂徠のことばである。

歴史のなかにこそ人間の智恵は宿されている。人間の愚かさもそこにはあらわだ。この歴史を探り、歴史に学んでこそ、人間はようやくみずからの正体を知り、いくらかは賢くなることができる。新しい勇気を得て未来に向かうことができる。徂徠はそう言いたかったのだろう。

「ミネルヴァ日本評伝選」は、私たちの直接の先人について、この人間知を学びなおそうという試みである。日本列島の過去に生きた人々の言行を、深く、くわしく探って、そこに現代への批判を聴きとろうとする試みである。日本人ばかりではない。列島の歴史にかかわった多くの異国の人々の声にも耳を傾けよう。

先人たちの書き残した文章をそのひだにまで立ち入って読み、彼らの旅した跡をたどりなおし、彼らのなしとげた事業を広い文脈のなかで注意深く観察しなおす——そのとき、はじめて先人たちはいまの私たちのかたわらによみがえってくる。彼らのなまの声で歴史の智恵を、また人間であることのよろこびと苦しみを、私たちに伝えてくれもするだろう。

この「評伝選」のつらなりのなかから、列島の歴史はおのずからその複雑さと奥ゆきの深さをもって浮かび上がってくるはずだ。これを読むとき、私たちのなかに新たな自信と勇気が湧いてきて、その矜持と勇気をもって「グローバリゼーション」の世紀に立ち向かってゆくことができる——そのような「ミネルヴァ日本評伝選」にしたいと、私たちは願っている。

平成十五年（二〇〇三）九月

上横手雅敬
芳賀　徹

子規自画像（松山市立子規記念博物館蔵）

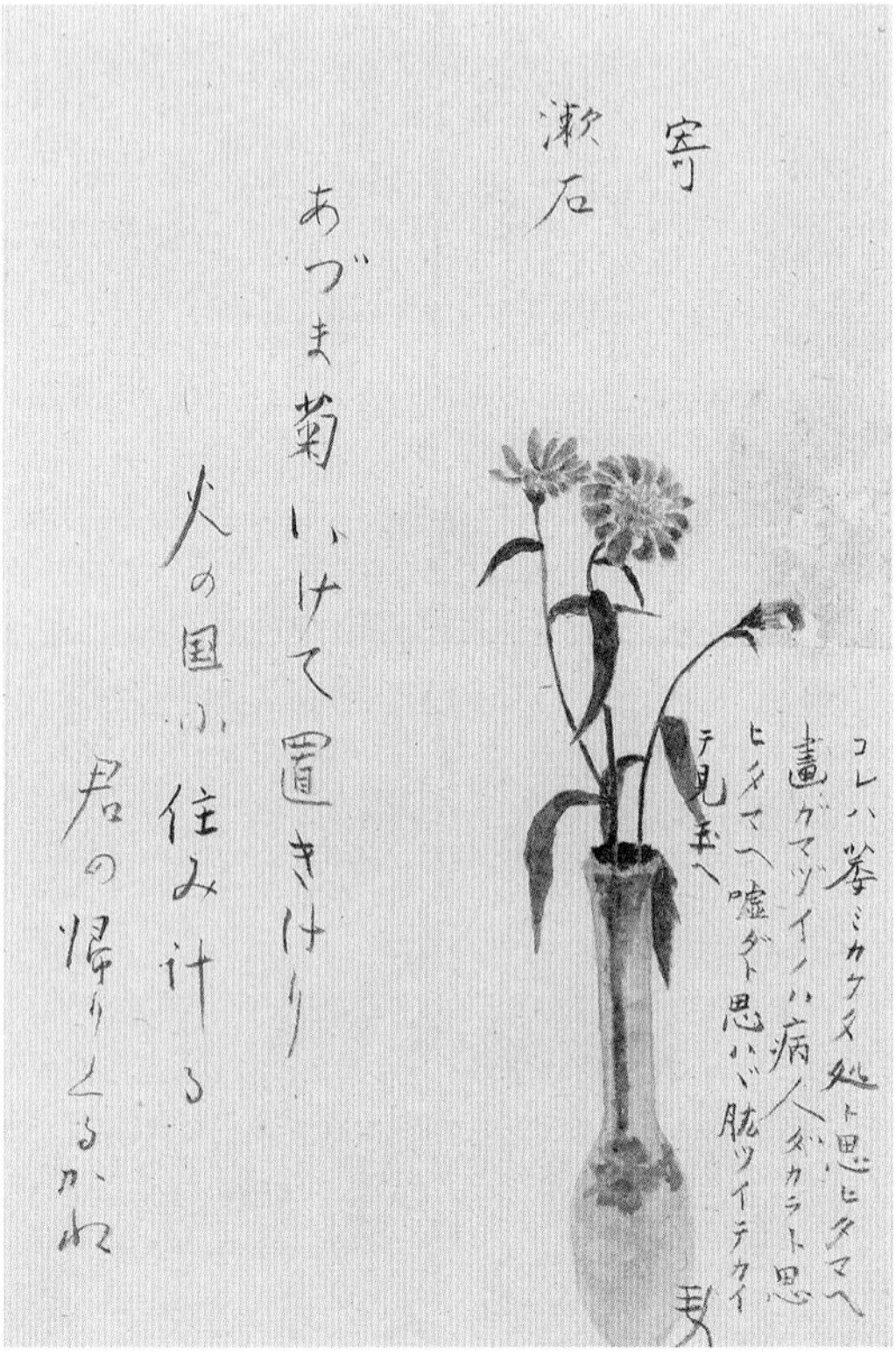

子規画『あづま菊』（岩波書店蔵）

子規画『床の間写生図』（今治市河野美術館蔵）

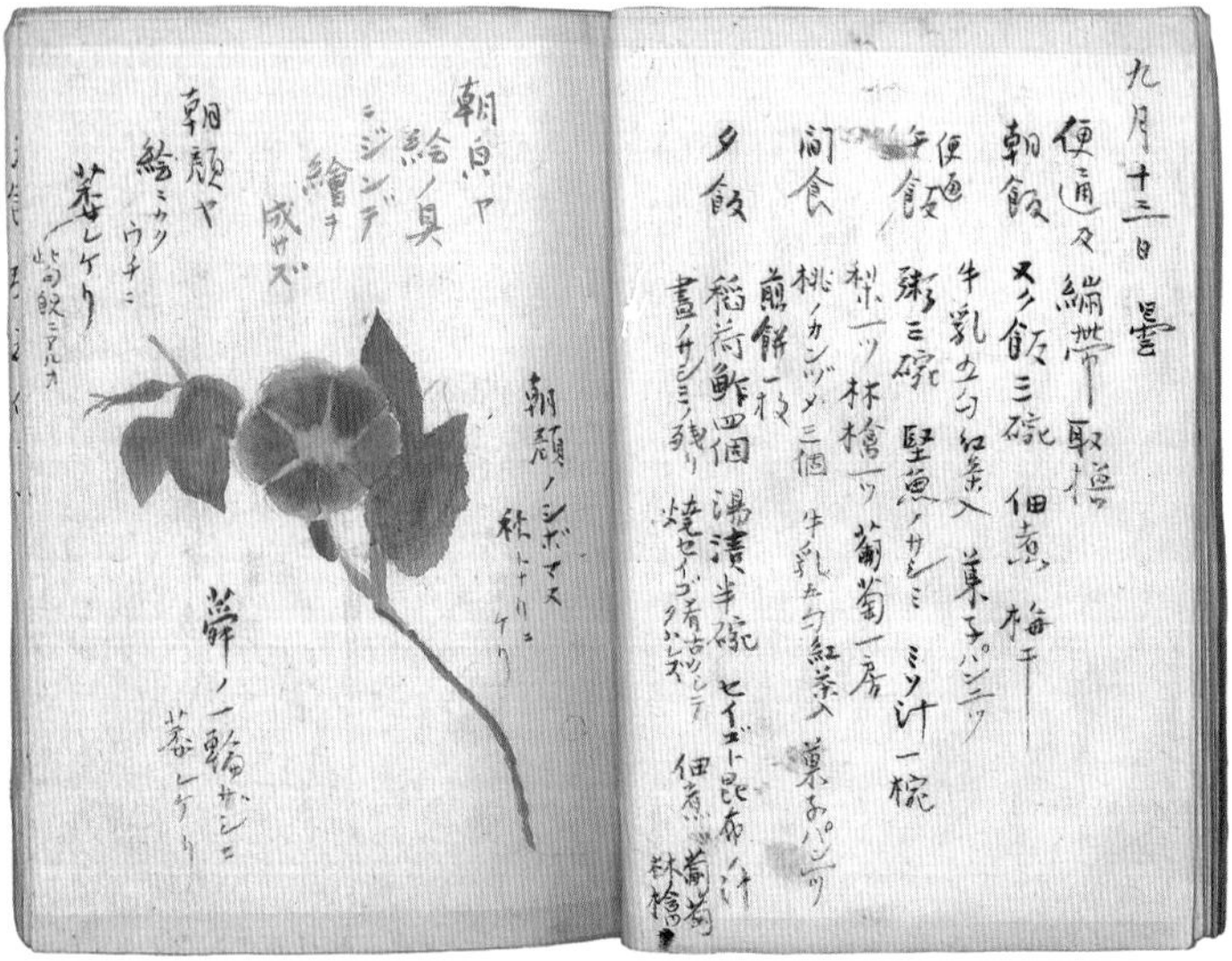

『仰臥漫録』朝顔の写生（公益財団法人虚子記念文学館蔵）

はしがき――大仕事をなしえた秘密に迫る

子規の評伝は数多い。三十五年という生涯の短さでありながら、子規については、それだけ語るべきことが多い証拠だが、既にあまたある中で、あえて本書がその子規を取り上げる意味は、三つある。

新たな評伝を執筆する意味

一つは、近代俳句・短歌、それに写生文という新しい扉を開いた子規が、意外なことに旧来の文学である、漢詩文や江戸文芸を十分その栄養としていたことは、まだまだ知られていない。前著『子規の内なる江戸』では、エッセイ風にその論点だけ書いておいたが、子規のたどった歩みから、そのことを改めて検証してみる必要がある。子規の頭脳はある時期から「近代」を生み出したにしても、その「腹蔵」には「江戸」がしっかりと根を張っていて、そこを確認して初めて、子規の「新しさ」の意味も見えてくる。これまでの評伝は、ともすれば、今日につながる子規の側面だけに焦点を当ててきた。

二つ目は、子規が「近代」のモデルとしたものは、文学だけではない、ということである。特に重要な役割を果たした絵画と、その位置づけの拠り所となった思想、あるいは子規の理論と実作を広めてゆく上で重大な役割を果たした新しいメディアの在り方も含め、多分野にわたる子規の「革新」の位置は、一つのジャンルだけ眺めていても、その全体像がみえてこない。多面体であった子規の仕事の核心に迫る意味でも、思想・絵画・メディアの視点は欠かせない。本書は、多様な視点から子規の活動の新たな側面を描きつつ、多面体でありえた、またそうならなければならなかった、子規の「志」の射程の長さを浮かび上がらせようとした。子規の仕事の多様さは、混在しているのではなく、そこに「柱」がある。その「柱」が本質的な問題意識に貫かれていたから、子規の多ジャンルにわたる仕事は、今日も遺産となって価値を持っているのである。

三つ目は、子規のなしえた仕事の意義を、改めて評価する、新しいものさしを提示することにある。ここは少し立ち入って述べておきたい。最近、近代俳句は子規からでなく、小林一茶から始まったという議論（長谷川櫂『俳句の誕生』）が出始めているからである。そういう見方についての、私の立場は、最初にはっきりさせておいた方がよいと思う。

近代俳句の始発は一茶か、子規か？

「歴史とは事実を語るものだ」とだけ思いこんでいるようでは、素朴に過ぎる。歴史とは時代区分のことである。「貴女の「少女」時代は何時までですか？」と問われて、「社会に出た時」と答えるか、「男性を知った時」と答えるか。それは選ぶ側が抱いている「少女」の意味あいによって、違ってくるはずである。極言すれば、「あの女性は永遠の少女です」という言葉は、事実はともかく表現としては十分成り立つ。

俳句の「近代」は、一茶からなのか、それとも子規からなのか？それも「近代」という言葉の捉え方の違いによって、答えが違ってくる。つまり、両方正しいと言えるところに、歴史が科学ではない理由がある。

結論から言ってしまえば、「近代」に至る「破壊」を行ったのは、一茶である。その意味で、一茶を「近代」の始まりと考える長谷川櫂の見方は正しい。一茶は、芭蕉や蕪村と違って、古典との対話を捨てた。一茶の代表句に、古典の教養はさしていらないのである。一茶は、まだ時代としての「近代」を生きていないが、草の根の変化を受け止めて体現した。したがって、そこに理論はない。これからはもうこれでいいのではないかという開き直りがあるだけである。

子規は、世間の相場と違い、一茶に比べれば「建設」の人である。近代俳句とはこうあるべきであるとし、それにきちんとした理由をつけた。当然それは、「近代」という時代を前提にし、その要請に従っての話である。まず、複数で詠む連句を否定し、最初の句である発句を独立させた。文学は、個人個人のものであるべきだ、ということである。こうして、芭蕉や蕪村の根底にあった、古典への依拠は、「個性」を消すものとしてむしろ否定され、古典によりかかるのではなく、一個の独立した個人として、風景から詩を汲みとってくるべきとした。つまり、「写生」である。この点は、俳句だけでなく、短歌や写生文にも通じる。

連句を否定するだけでなく、「写生」という「建設」の方法と理想を見出した子規の功績は大きい。今日の俳句の有季定型派とは、端的に言ってしまえば、子規のいう「写生」派なのであって、モノを見て、モノに託して、主観を余り表に出さないことからやりなさいということである。

和歌・短歌の世界に目を転じても、一茶の活躍した十九世紀（江戸後期）は、従来の和歌を「破壊」した時代であり、そこに「近代」が準備されていたという見方が出始めている。古典の知識を踏まえつつ、優雅な調べに載せて詠む歌風が、より平明に、より素材を拡大していったというのである（浅田徹「近世歌風史論序説――十八世紀から十九世紀へ」二〇一九年度日本近世文学会秋季大会発表）。

当然そこには、俳句・俳諧と同様、和歌人口の飛躍的な増大がある。言われるような子規による短歌革新も、そこにトドメを打ったというべきで、子規が唱えた、徹底した万葉調と「写生」が、「建設」の論理となって斎藤茂吉らに受け継がれてゆくことになる。

一茶の「賭博」、子規の「大計」

同じ近代の扉を開いた一茶と子規の仕事が、そのように本質的に違っているのだとすれば、一茶と子規の関係をどう見ればいいのだろうか？一茶は芭蕉とは全く違う旅をした。信州の寒村の出身で、家を出ざるを得なかった一茶は、流民として、地方にパトロンを求め、そこで喜ばれる方法を学び、一茶調を開拓していった。その特徴は、これまで俳句に使われてこなかった「俗語」の使用と、思い切った語法の自由さ、それに涙を背景とした笑いである。

垢爪や薺《なずな》の前もはづかしき
横のりの馬のつづくや夕雲雀
名月のさつさと急ぎ給ふ哉

一茶はただ破壊をしたのではない。こういう思い切ったというか、開き直った詠み方をしておいて、繊細な「はづかしき」「夕雲雀」「給ふ」という措辞に着地させている。常人にできるものではない。彼もその意味で、俳句史中のヒーローには違いないが、ずいぶん危険な賭けをやった末の詠作であることをわきまえておく必要がある。一茶は、ギャンブラーなのだ。

子規は、写生にも格調を求めた。しかも教育的で、客観写生から主観へむかうステップを、『俳諧大要』で示した。いきなり一茶の飛躍へ向かわず、まずありのままを、古典的な句法の中で詠むことを初心者に勧めた。そのため、「俳句分類」という膨大な古典俳句のデータベースを作った上で、俳句表現の「古典」を選び直し、それを最初のステップとした。一茶のような突拍子もない句法を真似しても亜流しか生まない。むしろ、俳句の基本となるべき「骨法」を抽出し、誰もが安心してそれに寄りかかれる文体を提示し、スケッチから始めることを推奨した。子規は、教育者なのだ。ギャンブルはその先で行えばいいと言わんばかりに。

『子規全集』の俳句の巻を、年代順に追っていくと、明治二十六年の作品の多さと単調さに驚かされる。しかも、子規は下手な習作を捨てることなく全部書きとめたので、試行錯誤の跡が追える。私の気づいた範囲で言えば、古典的句法に則りつつ、遠近や色彩の対比の句を作り続けていたようだ。それは実に機械的な「作業」である。やがて、子規自身の病もあり、ハンディキャップの中で、「主観」に深まりも出て、省略が効いてくると、いわゆる子規調の名句が生まれてくる。

雪残る頂き一つ国境
赤蜻蛉筑波に雲もなかりけり
月一輪星無数空緑なり

子規の一茶に対する評価が極めて低かったのもうなづける。その特異な才能を認めてはいたものの、俳句百年の「大計」を考えた子規にとって、ギャンブラーの道を勧めるわけにはいかなかったのである。

本書の構成

本書の構成は、以下のとおりで、子規を年代順に語っていく。あらかじめその意図についての説明しておこう。

第一章　松山時代
第二章　学生時代（一）
第三章　学生時代（二）
第四章　俳人「子規」の誕生
第五章　俳句の名声と病
第六章　雑誌の発刊と写生文
第七章　短歌の革新へ

第八章　最晩年、病床を描く
終　章　遺産が生む新たな遺産

目次の構成の意味はこうである。本書の新味である、①子規と旧来の文学の関係、②子規の革新の多面性、③子規の仕事の評価、の三点が明らかになるように、第一章から第三章では①に重点を置き、第四・五章で③の大枠を考え、第六章から第八章で短いが豊かな実りを得た晩年を通して、②の観点が浮かびあがるよう工夫した。

第八章は、子規の身辺雑事を描いているように見えるが、そうではない。子規が当時の人々にも今日にも愛されるのは、その仕事の多様さと重要性・普遍性のみならず、敢然と病と闘って、それを記録し、感銘を与えた点にある。子規の「志」の高さ・射程の長さと反比例する命の短さとその燃焼こそが、彼の仕事の評価にもつながるだろう。

さらに、この身辺雑事の記事の中から、子規が見通していた透徹した世界や、それを生み出した強靭な思考、そこに垣間見える妙に明るい感情を描いてこそ、子規の今日的な「可能性」を、見出すことができるだろう。第八章の、評伝としてはやや特異な部分は、ただ病と苦闘した姿を描くだけでなく、彼の思念の核心を具体的に浮かび上がらせるよすがとなるのである。そうして立ち上がってくる、子規への新たな評価からは、近代始発期における「日本文学」の成り立ちの意味と共に、今や曲がり角にあることが誰の目にも明らかな、これからの文学の「所在」への座標も示唆してくれると思うからである。

本書のスタイル
――漱石たちの証言

最後に本書が採用した伝記の様式について、一言触れておく。伝記はともすれば、その人物が亡くなってからの視点で書かれがちである。子規ならば、短歌・俳句革新の方向性を決め、後継者の高浜虚子や斎藤茂吉につながる視点から、逆算して子規の人生を描いていく方法である。子規の人生の結論を知っている後世の者からすれば、それは当然のことである。

しかし、そうした我々の視点からのみ、過去の人物を描いていくのは、危険な面もある。子規自身は、自分の仕事がどう評価され、どう継承されていったか、知るよしもない。死によって、そのことは適わなくなる。子規自身は、自分の仕事の死後の評価を意識しつつも、予測のつかない未来ではなく、当時の現実を暗中模索で生きていた。人間はみなそんなもので、名前の残る、伝記に書かれるような人間は、たまたまその仕事が後世からみて先進性があり、今につながるものを残したに過ぎない。少なくとも当の本人は、未来を確認することなどできず、手探りで自分の仕事を進めていたのである。

その意味で、伝記に書かれる人物は、皆孤独だと言ってよい。そうした伝記上の人物の目線に立った「現実」は、実は本人の残した言葉からは再現するのが難しい。むしろ、そこを無理に後世の評価から再現してしまうと、当人の試行錯誤やそれに伴う悩みを取り落としてしまう。

そこで、本書では可能な限り、子規を取り巻く人々の発言を取り上げることにした。生きている人間、あるいはついこの間まで生きていた人間なら、当人とその周辺の人たちにインタビューをする。

当人の発言だけで、その人物の像は浮かばない。当人が死んで、その周辺の人々もいなくなってしまった場合は、当人を取り巻く人々の発言に取材するわけである。子規の場合、その点で有難いのは、彼が早逝したために、証言者が多くいることである。さらに、子規は交友を選び、その関係を大切にする人だった。彼の文学上の戦いは孤独であっても、「戦友」は多かったのである。

中でも特筆すべきは、夏目漱石の存在である。学生時代からの親友であり、文学上の刺激をし合い、子規が病に倒れてからは、目だった形ではないが子規を助け、彼の事業の後継作りにも立ち会った。子規を最もよく理解し、子規との交際から、漱石も作家となっていった面が多分にある。それに、子規と漱石の交際自体が、文学者同士のそれとしては、奇跡的に明るく爽やかなのである。本書は二人の交際の輝きに惹かれて書かれた面がある。

子規は、病に倒れて短命で終わった不幸な男ではあるが、得難い友を持っていた点では、恵まれていた。漱石の証言を積極的に採用した所以である。

正岡子規——俳句あり則ち日本文学あり

目次

第四章　芭蕉忌や我に派もなく伝もなし
——俳人「子規」の誕生（一八九三〜九五）

図版写真一覧

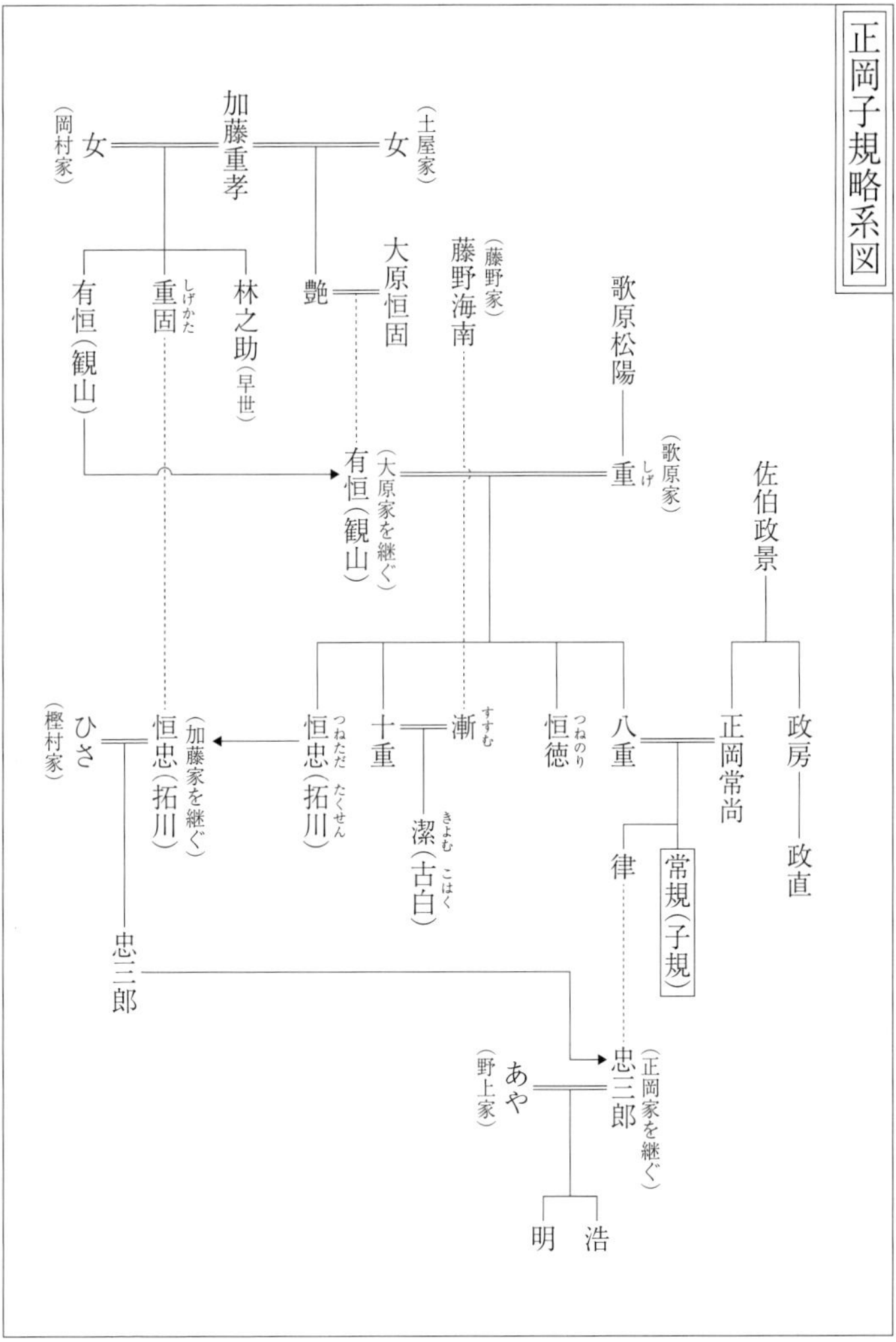

（出典）　公益財団法人神奈川文学振興会編集『特別展「生誕150年　正岡子規展——病牀六尺の宇宙」』（県立神奈川近代文学館，2017年）に一部加筆。

第一章　松山や秋より高き天守閣——松山時代（一八六七〜八三）

1　士魂の生まれるところ

自筆の墓碑銘

子規は、慶応三年（一八六七）、陽暦に換算して十月十四日（陰暦九月十七日）、伊予国温泉郡藤原新町《しんちょう》（現在の愛媛県松山市花園町《まち》）に、松山藩士正岡常尚《つねひさ》と八重の間に長男として生まれた。この章では、十六歳で上京するまでの、子規の人となりを育んだ環境と時代を確認する。その時、重要なのは、後年子規がその環境をどう考えていたかという「意識」の問題であり、その点にも触れておきたい。人は自分の生まれ育った幼少期の記憶を、多く失う。しかし、自分のアイデンティティを支える記憶は、強く印象づけられているものである。

正岡常規《つねのり》　又ノ名ハ処之助《ところのすけ》、又ノ名ハ升、又ノ名ハ子規、又ノ名ハ獺祭《だっさい》書屋主人、又ノ名ハ竹ノ里人。伊予松山ニ生レ東京根岸ニ住ス。父隼太《はやた》松山藩御馬廻《おうままわり》加番《かばん》タリ、卒《しゅっ》ス。母大原氏ニ養ハル。日本新聞社員タリ。明治三十□年□月□日没ス。享年三十□。月給四十円。

死の四年前の明治三十一年七月十三日に、子規は、友人の河東可全《かわひがしかぜん》（碧梧桐の兄）に宛てて自作の墓碑銘を書いてよこした。今東京田端の大龍寺に建つ子規の墓の脇に、同文が刻まれている。

そもそも江戸の文化人は、墓碑銘を信頼できる友人などに死後書いてもらい、墓の裏側などに刻むのが習いである。それらはたいてい、格式・格調を重んじ、漢文で書かれた。子規もその通り、漢文訓読体で、本名、通称、号などを書くことから始め、自己の生涯を簡潔にまとめてはいるが、結核による短命を自覚して、生前に自身で碑銘行状を書いた点が、特異であった。

生涯続いた武家の意識

俳人「子規」、俳論家「獺祭書屋主人」、歌人「竹ノ里人」の順に、自己の仕事に順位をつけ、次に出生地の松山を記すのは当然として、その次に東京根岸を挙げるのについては、明治二十五年に帝国大学を中退、松山の家を引き払って家族ともどもこの地に移り、生涯の主たる仕事はここで残したから、ということなのだろう。

問題は、早世した父常尚（通称隼太）の役職「松山藩御馬廻加番」を、特記している点である。四民平等の明治の世が三十年以上経っても、子規は「士分」の意識を濃厚に引きずっていた。明治二十八年、新聞『日本』の特派記者として日清戦争を取材すべく日本を離れる際、子規は自己の肖像写真を撮影するが、旧主松平定謨《さだこと》から送られていた刀を利き手の左手に持っている。

日清戦争従軍前の子規
（松山市立子規記念博物館蔵）

正岡の家格

父の武家としての役職「馬廻」とは、元来、騎乗して大将の馬の周囲に付き添い、護衛や伝令の役割を果たし、いざとなれば決戦の兵力として用いられた職制のひとつである。つまり、武芸に秀でた親衛隊的な存在であったが、平和が続く江戸時代には新たな意味あいを持つ「身分」となった。

江戸の藩士は、一般的に言って、「上士」（およそ百石以上）、中間層の「徒士」、下層の「足軽」「仲間」（二十五石以下）の大きく三つに分類できる。本来、馬廻は「上士」身分で重かった。ただし、江戸後期になると、名前ばかりの身分としての「馬廻」も登場する。異国船の渡来を契機に警備体制を充実させる必要から、中士・下士も多数これに加わるようになったのである。さらに子規が記す「加番」は見逃せない。「番」とは文官たる「役」に対して、武官を意味する。「加番」は「定番」と対概念で臨時の補助職を意味した。

安政六年（一八五九）、松山藩士の名前・職制・石高等を登録した『松山藩御役録』には禄高十四石として父常尚の名が確認できる。その禄高は、切米取と呼ばれる下士に相当する。そこを、子規は直接表現せず、上士につながる響きを持った「御馬廻」という臨時職を、墓碑銘に書き加える点に、父の顕彰という武家独特の「孝」意識を想起すべきだろう。子規の松山中学・共立《きょうりゅう》学校で同期だった、親友秋山真之の兄好古が、フランスのサン・シール陸軍士官学校に留学中、明治二十三年暮、父久敬の訃報を受け、フランス語で死亡通知書を記し、東洋の一孤島日本に生まれた父の名をフランスで紹介できたことも痛快な事である、と弟真之に書き送ったのと同じような意識であろう。

祐筆の叔父・漢学者の祖父

また、正岡家の石高や父の役職だけで、子規の家の位置を判断するのは早計だろう。江戸時代の武家は、婚姻関係によって、身分を確保していった面があるからである。なるほど子規の父の石高は低かったかも知れないが、子規の父常尚は、実は佐伯家からの養子で、長兄佐伯政房（半弥）は、祐筆（九石）であった。祐筆は藩主に近侍し、その達筆を揮うのみならず、文書作成に携わる事務官僚である。

早く父を亡くした子規は、維新後この叔父が松山西郊の余戸村に引っ込んだ後も、祭りの折に妹律としばしば訪ねることを楽しみとし、政房から仮名の手ほどきを受けている。藤原定家以来の御家流であろう。子規の俳句短冊には、書生風のペン字めいた書体とともに、この江戸以来の正統派の書風のものも確認できるが、それは祐筆だったこの叔父の教育によるものであったはずだ。後に、従兄弟の佐伯正直からは漢詩も学んでいる。

また、子規の母八重は、松山を代表する漢学者大原観山の娘であった。佐伯政直が子規に宛てた手紙（明治二十五年一月二十日）には、正岡家の資産一覧が記載されており、その中に「銀行株十より生《しょうず》る配当金」等の記述がある。松山藩では明治八年に家禄奉還が実施され、正岡家も千二百円を得ており、その管理は子規の母方の叔父、つまり八重の弟である大原恒徳《つねのり》が行っていた。恒徳は第五十二国立銀行に勤務しており、正岡家が受け取った家禄奉還金は、銀行の預金及び株になっていたと想像されるのである（柳原極堂『友人子規』）。

つまり、子規の家は、「文」の能力で、藩主に近侍する佐伯・大原両家の交わるところにあったわけで、父の職掌の「御馬廻加番」と、母方の大原家に養われたという記事を、子規が自分の墓碑銘に書くについては、まずそういった正岡家の背景を考えるべきだろう。

子規は、母方の祖父大原観山から漢文の素読を学び、母の弟で外交官だった加藤拓川（恒忠）の援助で、東京に出、新聞『日本』に就職する。このように、松山一の「文」の家柄と言ってよい、子規の出自への矜持が、この短い自筆の碑銘には込められていると見てよいのである。

負け組佐幕藩の気分の中で

子規が生まれた翌年は慶応四年、即ち明治元年であり、幕府は瓦解した。松山藩主久松松平家は、三河以来の親藩の名門。しかも、江戸後期の最大の文化人であり、老中も務めた松平定信の縁戚であった（九代藩主定国は定信の兄、十代定則の正室は定信の娘）。さらに、俳諧・謡曲も盛んで、「文雅」の藩としてもあったわけだが、それが「御一新」によって、朝敵に転落した。

長州征伐では幕府側の先鋒を務め、鳥羽・伏見の戦いでも藩主自ら大坂梅田の警備を担当した。これらが仇となって松山藩は追討され降伏、土佐藩の占領という恥辱を受けた上、藩の歳入の二年分に当たる十五万両の支払いを命じられた。旧松山藩出身者の、明治での位置というものは、そこから考えなければわからない。国家建設の主要な部分は、勝ち組であった薩摩・長州に独占され、負け組である松山出身の者は、「学問」で身を立てるしかなかったのである。

子規と同郷で、俳句の分野で後継となった高浜虚子は、維新後の旧松山藩士の困窮・落魄した生活ぶりを、

廃藩置県で、しかも松山藩は一旦朝敵といふ側にまはりましたので、士は職を失つて、大した官吏にも採用されることができませんでした。

と後年振り返っている（『虚子自伝』昭和二十三年）。

三歳年下の妹律が、明治三年（一九七〇）に生まれている。子規が脊椎カリエスで寝たきりになってからは、その看病もし、助手代わりも務めたことはよく知られている。兄の死後も正岡家をよく守り、共立職業学校に入学、同校の職員をへて教師となり、昭和十六年五月二十四日、七十二歳で亡くなった。子規の資料整理・遺墨遺品の保存にも尽くした生涯であった。

貧しさを救う庭の花々

子規の父常尚は、明治五年（一九七二）、四十歳の若さで病死した。子規はまだ五歳であり、十五歳の元服の歳まで叔父の大原恒徳・佐伯正直の保護を受ける立場となった（明治十五年九月二十日「後見人解放之儀ニ付届」）。

早くに父を失った故の正岡家の窮状は、子規の記憶に深く刻みつけられた。

如何《いか》にして吾は斯《かか》る貧しき家に生れけんと思ふに、常に他人の身の上の妬ましく感ぜられぬ。

（「吾幼時の美感」明治三十一年十二月）

今松山市には生家跡から近い正岡家の菩提寺である正宗寺《しょうしゅうじ》に、昭和二十一年に再建された、子規堂と称する建物がある。律の遺した記録図と友人柳原極堂の記憶に基づき、当時の居宅の構造をそのまま再現したもので、往時をしのばせる。子供ながら書斎を持った子規の部屋は狭く、低くて細い机があり、その上には硯がある。窓の上には祖父大原観山の親友で、松山の藩校明教館の教授だった武智五友が書いた「香雲」の字が掛けられている。「香雲」とは、桜の別称で、正岡家には近所で知られる桜の老木があったのにちなむ。

少年時の子規の侘しさを救うものは、この桜を含めた、庭の花卉《かき》草木であった。

ひとり造化は富める者に私せず、我家をめぐる百歩ばかりの庭園は、雑草雑木四時芳芬《ほうふん》を吐いて、不幸なる貧児を憂鬱より救はんとす。

（「吾幼時の美感」）

花は我が世界にして草花は我が命なり。（中略）殊に怪しきは我が故郷の昔の庭園を思ひだす時、先づ我が眼に浮ぶ者は、爛漫《らんまん》たる桜にもあらず、妖冶《ようや》たる芍薬《しやくやく》にもあらず、溜壺《ためつぼ》に近き一うねの豌豆《えんどう》と、蚕豆《そらまめ》の花の咲く景色なり。

（同右）

この家は、生家で城の大手門に近い花園町から、南方の中の川が流れる湊町に移転したもので、子規は十六歳で上京するまでここで成長することになる。一軒隔てて外祖母の実家歌原家があり、従兄弟の三並良《はじめ》がいて、一緒によく学んだ。また、北隣には子規の俳句の事業を引き継ぐことになる、高浜虚子の実家池内《いけのうち》家があった。後年、母八重の実家大原家も、この隣に移転してきた。

2 漢詩文——子規を育んだ学問

学問への扉

子規の学問との出会いは早い。明治六年（一八七三）から、母方の祖父大原観山についたのである。観山は、明教館の教授だった歌原松陽の娘婿となり、日本の漢学の中枢、江戸の昌平黌《しょうへいこう》、および多く幕末で活躍する人材を輩出した安積艮斎の私塾でも学んで、松山では明教館の教授となった。藩主松平定昭の相談役として藩政にも関与した（武知五友「観山大原先生墓碑銘」）。漢詩も詠んだ。

子規が生まれた時、観山は大変喜んで、守り袋を買おうと記している。子規晩年の随筆『仰臥漫録』（明治三十四年）には、そのことを書いた観山の手紙が載っている。叔父の大原恒徳（観山の次男）から送られたもので、闘病中の子規も大変に慰められたようだ。

藩校明教館は、維新後学校担当となった内藤鳴雪（のち東京で子規が寄宿する常磐会学舎の寮長で、子規に俳句を学ぶ）の辣腕《らつわん》によって学科を再編、洋学や数学の教師を拡充し、観山のような漢学の老教授連は一斉退官となった（内藤鳴雪『鳴雪自叙伝』）。

そこで私塾を開いた観山のもとで、孫の子規は漢学を学び出したのである。『孟子』の素読から始まり、物覚えのいい孫を観山はかわいがった。講義が終わって食膳につくとき、「升（子規の幼名）は左の端に坐れ」と観山自身が、左利きの孫を気遣って指示したという（「新年二十九度」）。西洋嫌いで自身髷を切らなかった観山は、子規にも髷をなかなか切らせなかったという（三並良の回想「子規の少年時代」）。観山の私塾があった場所は、子規の家よりお城に近い三番町である。

国粋の意識

明治八年、この祖父は五十八歳で亡くなった。子規は、ちょうどこの年の一月には新学制の勝山学校に入学している。しかし、観山のもとで学んだ漢学の素養は、子規の一生を、ある意味決定付けることになる。観山を尊敬した子規は、将来学者になって、「翁の右に出でん」と目標にしていたのである（『筆まかせ』「当惜分陰」）。

実際、後年まで子規は漢詩を詠んだ。これが彼の文学の世界への扉となったことは間違いない。また、彼の論説・俳句においても、漢詩文の教養はベースとなっている。さらに絵についても、中村不折に出会って洋画に目覚めるまで、漢画を重んじ、自らも描いた。漢詩文は明治初期、学問をする人間にとって誰もが通る道といってよく、そのこと自体はとりたてて珍しいことではない。しかし、漢学・漢詩の素養は、後で確認するように、後の俳句・短歌革新運動の論説と、俳句の趣味や発想にも大きな影響を与えたのだから、その出発点としての重みは計り知れない。

エピソードを二つ紹介したい。子規は観山の漢詩を書いた掛け軸を大切にしていた。八歳か九歳の時、観山から貰ったものだが、明治三十二年の随筆「室内の什物《じゅうもつ》」で、子規はそれについて、結句にある「終生、蟹行の書（横書きの西洋の書物）を読まず」と言う一節を引いて、自分への戒めだったのではないかと書いている。より重要なのは明治二十四年のケースである。やはり観山から貰って暗誦させられた観山自身の詩「椎牛行《ついぎゅうこう》」を引いて、西洋を嫌い、「牛を働かせた上に食べてしまう残酷さ」を批判し、いずれ西洋文化に影響されれば、人が「相食《は》む」事態に陥るだろうという内容だったことを紹介し、自分もその西洋嫌いをかつては頑固だと批判的に見ていたが、今は観山の高い見識だったと思うようになった、と書いている（『随録詩集』第一編子規自筆識語）。

洋学に誰もがなびく、明治ゼロ年代から十年代を経て、明治二十年代は、そのことへの反動・反省として、日本の美点を見つめなおす時代に入った。子規の短歌・俳句の改良も、日本文化の全否定より、むしろ改良しつつ、それらの文学の特性を生かし残していくものであった。その出発点に立った時、子規には少年時代の観山の記憶がよみがえったのである。

漢詩学習と俳句

子規は、明治十三年には松山中学に上がり、十六歳の夏に上京するまで在学した。

他方、十一歳からは土屋久明に漢学・漢詩を学んだ。土屋も藩校明教館の助教授だった人である。家は子規の住んでいた湊町の一角にあり、三並良と共に通った。その回想（「子規の少年時代」）によれば、漢詩のてほどきと漢籍の素読をしてもらったし、亡くなった観山の蔵書も自由に読めた、という。土屋は、藩が無くなって得た「家禄奉還金を使ひ切ると殿様から頂いた金が無くなったのだからモウこれで善いと言って餓死された」（柳原極堂『友人子規』）という人物である。

漢詩については、子規の回想によれば、『幼学便覧』や『詩語粋金』といった作法書をもとに、毎日五言絶句を作っては、土屋に見てもらった、という（『筆まかせ』「わが俳句」）。ここで注目されるのは、後に子規が俳句学習に転用する「埋字」という方法である。例えば、『詩語粋金』は、四季・雑の部に漢詩の題を掲げ、その題で詠まれる詩語二字を集成して、読み・意味・平仄《ひょうそく》（漢詩で重視される発音上のルール）を記す。初心者は、まず題を与えられると、この本から熟語を拾い、言葉を組み合わせて詩を作っていく。

子規は後にこの漢詩の初等教育法を、俳句に転用したらしく、過去の名句の一ケ所を空白にして、どういう文字を入れるか考える方法を編み出した。

名月や畳の上に松の影　　其角（『北の山』）
薫風や裸の上に松の影　　子規（明治二十八年）
日盛りや砂に短き松の影　　同
暁や紙帳に昇る松の影　　同

このような調子で、半ばゲーム的な作業を通して、自分の俳句の劣っている点や、名句の文体（音調）を学びながら、俳句に必要な好材料を得る効果があると説いている（『俳諧大要』）。既に俳諧の世界では、其角とその流れを汲む蕪村によって、過去の句の文体を真似つつ遊ぶ「句兄弟」という方法が採用されていたが、子規は漢詩を詠んだ経験から「埋字」としてこの方法をより積極的に発展させ、名句の文体と用語を学ぶ初学者用学習法としたのである。

故郷のイメージ

その頃子規が詠んだ漢詩にはこうある。少年時代以来の多くの漢詩の中から自選した『漢詩稿』には、明治十二年の作とある。

春日家に還《かえ》る

車に乗り馬に騎《の》り　早《すみ》やかに帰り来たり
一たび双親《そうしん》に謁《えつ》すれば　喜び自《おのず》から催す
処々に鶯《うぐいす》啼《な》いて　春は海に似たり
故園《こえん》の芳樹《ほうじゅ》　吾を待ちて開く

既に父を亡くしている子規にとって「双親」とは創作に過ぎないが、子規の故郷の詩的なイメージは、この頃から固まっていたというべきだろう。子規が亡くなる明治三十五年三月十日、歌の門人伊藤左千夫から、紅梅の下に土筆などを植えた盆栽を送られた時には、

くれなゐの梅散るなへに故郷につくしつみにし春し思ほゆ　『竹乃里歌拾遺』

と詠んでいる。さらに言えば、明治二十八年日清戦争の従軍記者として清国へ赴く前、東京から故郷の松山に寄った際に詠んだ、

春や昔十五万石の城下哉

の名吟がある。この句は、『古今和歌集』『伊勢物語』に載る「月やあらぬ春や昔の春ならぬわが身ひとつはもとの身にして」を踏まえて、半ば死を覚悟しながら、半生を振り返って、その思いを毎日見て育った松山城に託したものである。子供時代から十六歳で上京するまで仰ぎ続けた城山こそが、子規にとってはランドマークだったのである。

さらに子規の漢詩文学習は続き、やはり明教館の教授であった河東静渓について、その私塾（観山の私塾に近かった）に通った。松山中学時代子規が漢詩に熱中したのは、この人の影響が大きかった。冒頭に挙げた、子規生前の自筆墓碑銘を託した河東可全は、静渓の子で、ともに静渓学舎で学んだ同窓であり、その弟が後に子規の俳句の高弟となる河東碧梧桐である。

子規は詩会「同親会」を中学の仲間と結成、その中に静渓の子竹村黄塔がいたことが千舟町の静渓の学舎に通うきっかけであった。静渓から添削も受けていた漢詩は、回覧雑誌『五友雑誌』『五友詩文』などに残されている。

学問の方面では、静渓の下で『唐宋八大家文』『近思録』の講義を受け、『論語』など四書の輪講

（会読）を行った。この輪講方式は、子規の後の文学研究活動にも影響している。漢学のテキストを複数の人間が集まり、語釈のみならず、解釈について意見を交わす学問の方法は、江戸時代を通じてなされたものだった（前田勉『江戸の読書会』）。こうした方法を後に子規は、『蕪村句集講義』という形で、蕪村句の研究に応用している。俳句・俳諧に対して学問的な光を当てる素地も、この時期に体得され出したと思われるのである。

演説の覇気

子規は早熟であった。すでに勝山学校在学中の明治十二年四月、回覧雑誌『桜亭雑誌』一号を、「社長・編輯人・書記長」を兼ねて発行している。中央の新聞を真似て、投書作文・論説・雑報・詩歌・書画を並べたもので、子供の遊びとは言え、大人びた内容・構成だった。後に新聞記者として俳句革新の狼煙を上げ、雑誌『ホトトギス』を編集・刊行する子規のジャーナリスティックな活動の芽が吹いていたというべきだろう。続いて『松山雑誌』『弁論雑誌』といった政治色の濃い小論文を載せた回覧雑誌も発行している。

三並良の回想によれば、中学の授業を休んでは、県議会の傍聴や演説会に出かけ、自身仲間をつのって演説会をお寺の本堂でもやっていた、という。もっとも大声の出ない虚弱な子規は、演説の迫力よりも、短編小説のような構成に特色があったという。『無花果草紙』に載る「自由何ニカアル」（明治十五年十二月）を見ると、師範学校の規則で新聞の閲覧を禁じたり、中学生の演説を禁止したりする動きがあることに憤慨している。これは当時盛んだった自由民権運動に共鳴していた、子規の政治意識を端的に示すものである。明治政府の要職が、薩摩・長州出身者に独占されていたことへの憤懣は、維新時の松山の経験を踏まえていうなら、当然の帰結であったろう。子規は、漠然とではあるが、政治家を夢見て、この後松山中学を中退して帝国大学へ進学すべく上京するのである。

詩画の脱俗

この頃、絵も描いている。明治十一年、勝山学校時代に、友人の森知之から葛飾北斎の絵手本『北斎漫画』の抜書（『画道独稽古』）を借りて、彩色で写した（『桜亭雑誌』）。晩年の絵画愛好や、自身絵筆をとることを思えば、その兆しはまずこのあたりに求められる。戯画から入るのは子供のなせる業だが、漢詩に熱中した子規は絵においても漢画を好むようになる。晩年子規は、自分の絵画遍歴をこう振り返っている（『病床譫《せん》語』）。

我嘗《かつ》て南画を愛す。徒《いたずら》に気韻の高きをいふ。南画に非れば則ち画に非ずと為す。

子規に漢画趣味の影響を与えたのも、漢学者で子規の漢文の書の手本を示した（『筆まかせ』「手習の時代」）武知五友であったと想像される。五友は、祖父大原観山とは藩校明教館の同僚であり、親交も深かった。先に述べたように子規の別号「香雲」はこの五友から授かったものである。維新後は、田園の郡中で引っ込んで、私塾の教育と詩画に耽った、南画から抜け出てきたような人物であった。

子規とその漢詩仲間には、この脱俗の風を愛する気分が濃厚だった。彼らは「詩画の友」であり、仙人趣味を共有していた。中学を卒業して隠遁することまで夢想している（『筆まかせ』「仙人的思想」）。詩の会とともに書画会も開いていた（三並良「子規の少年時代」）。子規のこの時期の漢詩からこうした

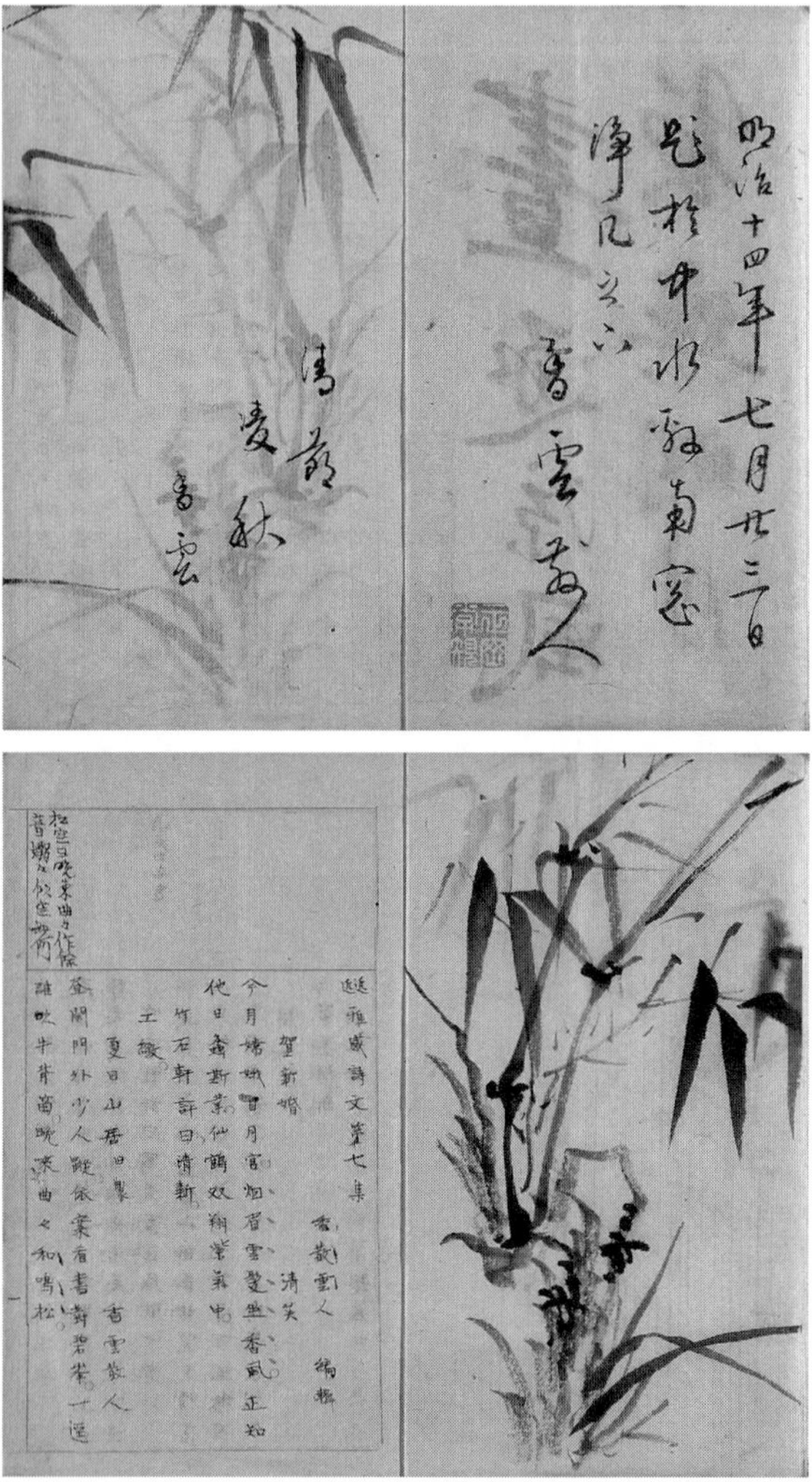

子規画『竹図』（『近世雅感詩文（第七集）』（国立国会図書館蔵）

脱俗趣味は、いくらも拾えるが、画に関連して一例を引いておこう。

　夏山驟雨《かざんしゅうう》の図

一天雲墨を撥《は》ね
山色淡濃《さんしょくたんのう》を兼《か》ぬ
霧気《むき》孤寺を隠すも
遮《さえぎ》らず晩《くれ》に薄《せま》る鐘を

　まさに水墨画中の雨雲の動きのある「雨意」を、詩にしてみせた画賛である。

志と脱俗を結ぶもの

絵と詩が補い合って一つの世界を作るこの漢詩・漢画の脱俗趣味を持つ子規と、先に挙げた演説に見える野心的な子規とは一見矛盾して見える。しかし、漢詩文の世界ではこれは矛盾ではない。本来漢学は、政治の世界でその学問を生かす、世の中のリーダーのためのものだった。その意味で漢詩は、「志」を詠むものであった。ただし、政治には浮沈もあり運不運もあって、時を得ない場合には、隠遁し帰農し、晴耕雨読の生活の中、日常の美を詩や画に求める、という伝統もあった。覇気と脱俗は合わせ鏡だったのである。

　子規は東京に出て生涯の友として夏目漱石を得るが、漱石もまた漢詩文に造詣が深く、この脱俗趣味の点からも子規と共鳴しあった。片や子規に脱俗的な日常を詠んだ俳句があり、片や漱石にその脱俗を描いた「俳句的小説」『草枕』があるのは、その何よりの証である。

このように、子規の処世と文学観を形成したものとしては、松山で盛んであった漢詩文の世界をやはり挙げなければならない。

3 青雲の志

漢詩文の限界を知る

しかし、子規は漢学の限界も早くに悟っていた。明治十五年十月二十二日付けの三並良宛ての手紙では、「嗚呼《ああ》大なるかな。洋書の功。洋書の功大なるかな噫《ああ》」と自分が漢学だけの人間ではないことを語り、

抑《そもそ》も此の輩（漢学者――引用者注）の如きは、未だ都府《とふ》の繁華広く、世界に凌駕するあるを知らず。且つ貴顕富裕を得るの地なるを知るも、徒《いたずら》に清貧を山水の間に楽んで、自ら富貴は浮雲の如しとて、敢て之を得るの念を毫《ごう》も心中に蓄ふることなし。是れ畢竟《ひっきょう》富貴の何物たるを知らず。富貴は之を楽むのみに非ずして、此地位を占めて以て天下国家を益するあるを悟らず

子規は、漢学の中でも詩文にふけって現実から逃避している傾向を批判している。「富貴」は自己の楽しみのためにあるのでなく、天下国家を益するためにある、というのは『論語』学而編以来の漢

学の前提である。漢学は、本来天下国家を運営する人の学問であった。しかし、明治期の漢学は、その役割を洋学に奪われ、詩文に引きこもった面がある。松山の漢詩文のサークルに属しながら、それを批判する子規は、当初から文学だけの人ではなかったのである。子規に最初に学問を説いた祖父の大原観山らは、そういった現実の政治にも参加して、最終的には松山藩を新政府側の攻撃からだけは守っている。

もはや、子規は松山の学問の環境に限界を見ていたと言えるだろう。彼には、藩よりも大きな国家という「公」が見えていた。ここが、明治の年と年齢が同じ子規の世代の、旧世代との大きな違いと言っていいだろう。

「書生」という新しい波

漢詩文にあれだけ熱中した子規ですら、このような認識の変化を生んだのは、どのような社会環境の変化によるものだろうか。

一つは、子規の世代が旧制中学の整備された最初の世代だ、という点である。明治十二年の教育令がそれにあたり、子規の松山中学入学は明治十三年である。そこでの教育は西洋起源のものが圧倒的に優勢を占めた。これがまず大きい。必然的に、この世代の学問は、洋行によって完成すると見なされる。後年子規が外国を見たがっていたことは、実際に洋行を果たした友人夏目漱石への手紙でよく知られる（一七五頁参照）。

もう一つは、子規の先輩たちの存在である。明治三年、政府は各藩から秀才を、各藩の負担で「貢進生」として募り、大学南校で御雇外国人を中心とした教育を課して、新国家建設の人材とした。この世代が既に学校を卒業し、活躍を始めていた。エリート大学生（書生）の源流である。彼らは、自分たちこそ新国家の建設者だという認識のもと、「参議熱」と呼ばれる強い政治志向を持った。明治六年頃から流行り出した「書生節」にそれが象徴的に見て取れる（中野目徹『政教社の研究』）。

書生書生と軽蔑するな　明日は太政官のお役人
書生書生と軽蔑するな　フランスのナポレオンも元書生
書生書生と軽蔑するな　大臣参議はみな書生

子規たちはその後続世代であって、これを見ている。早熟な子規もこの流れを敏感に察知して、当時の中学生としては当然の「野心」を漠然とではあるが抱いたのであろう。

上京へ

子規の転機は十六歳でやってくる。上京である。旧制中学の修学期間は五年。明治十四年九月に五年生となった子規も進学先が問題となる。子規の当初の希望は早稲田大学の前身、東京専門学校であった（明治十五年十月十六日、三並良宛書簡）。子規は叔父加藤拓川（恒忠）に東京進学の希望を書き送っている（明治十六年二月十三日書簡）。

拓川は、観山の三男で、子規の母八重の弟である。観山の私塾では子規を教えたこともあった。父観山の死を契機に上京し、司法省法学校に入学、後に子規が俳論で活躍する新聞『日本』の社主陸羯南や、大正の名宰相原敬と同期で終生の友となる。明治十二年藩閥に反発してこの三人はともに退学し、拓川は中江兆民のフランス語塾で学んで外交官の道を進むこととなる。先に触れた貢進生そのものではないにしろ、子規にとっては、東京での勉学から栄達へのモデルが身近なところにいたのである。

子規は叔父宛ての手紙で、家の貧しさを述べながら、功名を得るべく「一大競争場に入」ろうとする決意を述べ、時節を待つか、急いで上京すべきかと言えば、後者を選ぶという。というのも、おそらく先に上京している三並良からの情報（明治十五年十一月五日子規宛書簡）であろう、松山の教師も教科書もレベルが低いことから焦りを感じて、一刻も早い上京進学を懇願している。これに対して、拓川は、東京専門学校を出ても、地方の代言人（弁護士）か判事補くらいにしかなれないと、進学先について注意喚起をしている（二月五日子規宛書簡）。

拓川は明治十六年六月二日付の子規宛て書簡で、旧藩主久松定謨のフランス留学に随行すべく自身渡仏が予定されるため、これを機会に急遽子規に東京へ来るよう推奨している。「来ル積《つもり》ナレバ此書到着次第即日ニモ艦便次第御決行可成候《かなるべくそうろう》」との叔父の手紙を八日に受け取った子規は、勇躍して佐伯家に相談、十日には松山郊外の三津浜から船で郷里を後にした。拓川は、親友の陸羯南に子規を紹介して後事を託すこととなるのである。

加藤拓川
（松山市立子規記念博物館蔵）

子規より十六歳下の、松山中学の後輩にあたる安倍能成《よししげ》（哲学者、戦後文部大臣）は、『我が生ひ立ち』（昭和四十一年）で、大原観山とその子たち、およびその嫁入り先を挙げて、この家族・縁者こそが、松山の他の家庭より高い文化的教養があって、松山の文化の中心を形成し、質素な中にも、当時としては進歩的で因習に囚われない明るい空気があったことを指摘している。それは、観山自身が学問によって身を立て、江戸の昌平黌で学んだというところに、まずは求めるべきだろう。

士分の中の学問の自由

近年、思想史家から、漢学を核とする江戸の「学校」は、完全に身分を否定するものではないものの、世襲社会だった江戸時代にあっては、「実力主義」が発揮できる場として、憧れの対象であったことが指摘されている（前田勉『江戸教育思想史研究』）。

もちろん、子規が生涯「士分」の意識にこだわったことは、冒頭でも触れた通りである。そのエリート意識はそれとして、子規が「自由」を求めて演説する姿や、学問を通した彼の交遊にまつわる開明的な雰囲気は、かつては身分社会の中で培養された、藩への有用性という目的においてのみ許される学問の「自由」であった。しかし、藩が消え、「国家」が前面に出てくる時期に人となった子規にとって、己れの学問を生かす場は、もはや松山を超えて「国家」に求められることになる。

こうして、子規の目的は、明治前半期の「国家」へと移り変わってゆくのだが、その内実はまだ子規にも明らかにはなっていない。そこは、大学教育の第一世代である子規の学生時代を見ていかねばならない。

第二章　草茂みベースボールの道白し
――学生時代（一）（一八八三～八八）

1　上京した書生っ子

この章では、子規が上京、一年を経て東京大学予備門に入り、帝国大学に入学する明治二十一年までを扱う。多感な子規の成長期である。

青年子規の印象

上京した子規は、早速、外遊中の叔父加藤拓川から身元預かり人を引き受けた、陸羯南のところを訪ねている。子規の没後すぐに刊行された『子規言行録』の序文によれば、親友加藤から「ホンの小僧」で「学問しに来た」という触れ込みを受けて、羯南は子規との初対面をとげた。羯南は、太政官御用係の官職に六月ついたばかりで、井上毅の配下にあって、得意のフランス語を生かして法律書を翻訳することで、明治新政府の法的制度を作る基礎作業をしつつあった。彼は後に、こう回想している。

陸羯南
（弘前市立郷土文学館蔵）

（明治十六年の夏――引用者注）二三日たつとやつて来たのは十五六の少年が、浴衣一枚に木綿の兵児《へこ》帯、いかにも田舎から出だての書生ツコであつたが、何処かに無頓着な様子があつて、加藤の叔父が往けと云ひますから来ましたと云つて外に何も言はぬ。ハア加藤君から話がありました、是から折々遊びにお出なさい、私の宅にも丁度《ちようど》アナタ位の書生が居ますからお引合せませうと云つて予の甥を引合はした。やがて段々話する様子を見ると、言葉のはしばしに余程大人じみた所がある。相手になつて居る者は同じ位の年齢でも、傍《はた》から見ると丸で比較にならぬ。叔父の加藤といふ男も予よりは二つもわかい男だが、学校に居る頃から才学共に優ぐれて予よりは大人であつた。流石に加藤の甥だと此の時はや感心した。

（『子規言行録』序）

羯南がこの回想を書いた明治三十五年は、加藤拓川も存命であり、外ならぬ子規の追悼文集の巻頭を飾る文章だから、この褒めようは、ある程度割り引く必要があるかも知れない。しかし、子規より十歳上の羯南は、面接試験よろしく同年配の甥と会話をさせて、子規の器量を量っているのだから、かなりの客観性はある記事と見てよい。言葉のはしばしから、子規の早熟と才気は、羯南に早くも強い印象を残したのであった。

同書に載る、母八重の記憶によれば、子供時代は臆病でよくいじめられていた「弱味噌」で「ヘボ」だった子規も、この時期には、知性と志を兼ね備えた、一種の緊張感を漂わせた青年に変貌していたのである。

漠然とした「志」

子規は学問が進むに及んで、哲学を志向するが、この時期は、まだ「漢学者の臭気」を帯びていて、詩人や画師などは男子一生の職ではないと思っていた。しかし、明確な目標があったわけでもなく、「朝《ちょう》に在ては太政大臣となり、野に在りては国会議長」を目指すのかと、周囲から聞かれて、半ば冗談で、半ば真面目に「微笑しながら」「然《しか》り」と答えたという（『筆まかせ』「哲学の発足」）。

要するに当時の子規には、名を遺す大志はあったものの、それが具体的な像を結んでいたわけではない。羯南が見て取ったのは、その大志とそれを裏付けていた漢学の素養だったのだろう。

子規は今でいえば帝国大学の「教養課程」に当たる大学予備門に入るべく、「予備校」に通うこととなる。まず七月八月は赤坂丹後町の須田学舎の門をたたくが、十月には共立学校（現神田淡路町、開成高校の前身）に転じる。住まいも当初は、浜町にあった旧藩主久松邸に寄宿していたが、神田中猿楽町の叔父藤野漸《すすむ》宅に下宿する。藤野の妻は、子規の母八重の妹である。藤野は久松家の家令として仕えており、謡曲宝生流の皆伝であった。

そもそも藤野の兄海南（一八二六～八八）は、大原観山と並んで、松山藩を代表する漢学者だった。江戸の昌平黌では当代を代表する漢学者古賀茶渓に学んだ。幕末・明治を代表する歴史学者の重野安《やす》繹《つぐ》と知り合い、終生の友となっている。観山とも親しく、朝敵となった松山藩の救済に共に奔走した。

第一高等中学校時代の子規
（松山市立子規記念博物館蔵）

明治になってからは、主に史学の研究に従事したが、弟で養子となる漸が、久松家の取り仕切りをするようになるのも、この兄の存在が大きかった。藤野家は子規と血はつながらないが、彼の漢学教養文化圏の、あるいは旧松山藩士としての東京での生活の重要な拠り所であった。藤野の家にいたのは従兄弟の藤野古白（潔《きよむ》）と、松山時代の後輩清水則遠である。

共立学校の校長は当時、高橋是清であった。後に財政家として日露戦争の戦費調達に奔走、政界に転じて首相となった人物である。いくつかあった予備校の中で、共立学校は大学予備門（後の第一高等中学校予科）への合格率が高くなっていた。大学予備門の入学試験は毎年七月で、東京に来て翌年明治十七年（一八八四）の七月、落ちることを覚悟して受験、無事合格している。以下一年の落第を入れて六年の修学期間となった。

秋山真之との青春

一つの別れがある。秋山真之とは、同じ松山藩旧士族の出で、小学校時代からの友人であり、松山中学の同級、大学予備門でも共に学んだ仲であった。明治十八年には、子規の神田猿楽町の下宿に秋山も転がり込んでいる。この頃の二人の交友を、柳原極堂はこう証言している。

当時清水（清水則遠――引用者注）も秋山も我々も子規の宿に落ち合って、其日銭のある者が会計の賄方となって能く寄席に遊んだものだ。白梅亭、立花亭の外に小川亭といふがあり、時には本郷の若竹亭まで少々遠くはあるが出かけて行くこともあった。演芸は落語、物まねなどの可笑しきもの講談、女義太夫などの真面目なものを初めとして音曲、娘手踊などの賑やかなものもあったが、芸名を都といふ十七八の娘の手踊は殊に学生等の人気を呼んでゐた。木戸銭は四銭であったか、五銭であったか、イラッシャイの声で景気よく迎へられ、下足札を取って見物席に進めば少女が座蒲団を持って案内をすると云ふ光景は、今は已にすたれて無きことなるべし。秋山等は随分思ひきって騒いでゐた。気に喰はぬ芸人が高座に出ると、ダメダメ引き込め引き込めなどと大きな声で呼び立てるのみか、下足札をカチカチ叩いて妨害是れつとめ、子規等も其の尻馬に乗って加勢するものだから、大抵の芸人は苦もなく叩き卸されてしまってゐた。

（柳原極堂『友人子規』）

女義太夫とは、本来成人男子がうなる三味線に載せた語りを、若い娘がやってみせるもので、芸の良し悪しより、娘の器量で売る、今日でいえばアイドル歌手のような存在であった。下手な落語家へのクレームなども合わせ、子規は秋山と、文字通り「青春」を過ごしたのである。

明治十九年一月、子規と秋山を含めた友人七人同志で互いを品評しあった『七変人評論　第一編』が書かれた。以下はその子規への評である。

満腔詩文の想を懐き、日課役々の中に洒々落々たるは、余輩正岡君に於て之を見る。是才智あり、且大胆なる者にあらざれば能はざるなり。偖《さて》君の性質に至ては別に非難すべきなく、且之あるも爰《ここ》に詳論するの限りあらざるなり。唯君は才子を以て自ら許すものの如し。君の才子たることは同友中、等しく許す所なれども、才子才を以て身を誤るの鄙諺《ひげん》もあれば、左様に才子気取りは反て君の為に悪しからんと余輩の老婆心。

子規の多彩な文才は親友たちの大いに認めるところであったが、むしろ才子才に溺れる危うさを指摘されていた。

秋山は子規同様帝国大学進学を目指して勉学していたが、実家の経済的苦境もあって、明治十九年に退学、十月海軍兵学校に入り直すことになる。日露戦争の日本海海戦の作戦参謀として活躍する秋山の再出発であった。子規はこういう歌を秋山への餞別として送っている。

戦をもいとはぬ君が船路には風吹かば吹け波立たば立て

無事を祈るといった穏当な表現ではなく、危険な仕事に向かう貴様なら、より激しい風雨が襲っても平気だろうという心意気である。子規本来の男性的な気風が、よく示されたはなむけであった。

2　学問への志

哲学への志向

明治十七年二月十三日、筆まめな子規は随筆『筆まかせ』を書き始める。この随筆は学生時代を終える明治二十五年まで書き続けられた。子規の青春の記憶はこの一書によって彷彿とするのであって、適宜引用することとなる。

その中でまず、注目すべきは明治二十一年の「哲学の発足」である。それによれば子規が哲学に目覚めたのは明治十八年のことだという。子規の哲学への関心を考える時、最も重要な存在は、イギリスの哲学者ハーバート・スペンサーである。自然界から人間界まであらゆる現象を「進化」の原理で説明する彼の思想は、自由民権運動の理論的支柱としても受容されたが、ここでは明治新政府の国家建設のプランに利用された面に注目しなければならない。明治前期には先端的なそれとして注目を浴び明治二十二年までに訳書は二十種を超えたという（山下重一『スペンサーと日本近代』）。

この記事が書かれた明治二十一年七月、子規は第一高等中学校の本科に進学しており、順当にいけば二年後には、明治十九年に出来たばかりの帝国大学に進学する。そこで法・医・工・文・理のいずれかのコースを選ばなければならない。子規は文科大学の中でも哲学に照準を定めた。

スペンサーの原書は、子規が学んだ第一高等中学校や帝国大学では教科書となっていた。法政大学に残る子規文庫にはスペンサーの『文体論』などが確認できるし、講義録らしきノートも残っている。

子規の哲学は大成しないが、彼の世界観の基本のところで、優勝劣敗を当然とし、「進化」を今から見れば楽天的に肯定したスペンサー流の思想の先例を受けたことは、後々彼の俳論と関わってくる。

明治二十二年春、子規はスペンサーの『文体論』を読んで、俳句の理論的根拠に開眼している。「Minor image」、即ち些細な心象を選択し、配列することで多くの暗示をし、生彩ある印象を読者に与え、描写を縮約できるという、スペンサーのこの一節に、子規は覚えず机を打って、芭蕉の「古池や」の句の味を知ることができて喜んだ、という（『筆まかせ』「古池の吟」）。「古池や蛙飛び込む水の音」とは、「水の音」そのものを表現したいのではなく、誰も訪ねないような、人の住まなくなった池で「水の音」に耳をすませる程に静かで、それは心の長閑さから得られる静寂なのだということである。子規の俳論の核が「連想」にあることは、改めて説明したいが、その発想の原点はここにあったのである。

一方で後述するように、子規はこの時期、和歌や俳句を習いだしてもいる。松山時代から、軍記物が大好きだったが、親から読むことを許されず、松山中学の同期の浅井一徳の家で読み、やがて貸本屋の存在を知って、曲亭馬琴の読本まで読み進めた。さらに、江戸に出てからは、恋愛小説である人情本も読んだ。こうした文学志向はあるものの、彼はあくまで堅い哲学を優先し、詩歌や戯作は娯楽と思っていた。ただし、両者に関係があればいいとは常々思い、ようやく審美学（美学）のあるのを知って大喜びしたと書き残している（『筆まかせ』「哲学の発足」）。

美学への熱い視線

子規が美学の存在を知った時期は、まさに美学への関心が言論界に目立ってきた時期である。他ならぬ子規が在学中の第一高等中学校では、演劇改良会の実質的主役である末松謙澄が、明治十九年十月三日に「演劇改良意見」という演説を行い、演劇を「美術（芸術）」として改革する宣言が行われている。また、明治二十年代の高等中学校生の間では、ヴエロン『維氏美学』の中江兆民訳が広く読まれるようになったことも指摘されている。フェノロサや岡倉天心が美学の授業を東京美術学校でし始めるのも、明治二十年代前半のことである。美術とそれに関する理論の必要性が、単に博覧会等の輸出商品としての美術への関心にとどまらず、日本という国の特性を理解し、説明し、発信していくべきものとして、新生の書生世代に広がっていったのである。

子規が美学の存在を知ったという、その三年後の明治二十四年には、加藤拓川や陸羯南の親友で、岡倉天心と美術雑誌『国華』を創刊した高橋健三がフランスに出張した際、子規は叔父の加藤を通してドイツ語の美学書の購入を依頼していた（陸羯南『子規言行録』序）。後に親友となる夏目漱石も、

彼（子規——引用者注）はハルトマンの哲学書か何かを持ち込み、大分振り廻していた。尤《もっと》も厚い独逸《ドイツ》書で、外国にいる加藤恒忠（拓川——引用者注）氏に送って貰ったもので、ろくに読めもせぬものを頻《しき》りにひっくりかえしていた。

（「正岡子規」『ホトトギス』明治四十一年九月号）

と後年証言している。ハルトマンこそは、森鷗外がその美学を学んで紹介したにとどまらず、坪内逍遙と演じてみせた当時最大の文学・芸術論争である、没理想論争（明治二十四〜五年）の拠ってたつところであった。

子規は、漱石も証言するように、外国語の能力に難があったが、そのアンテナの張り方だけは実に敏感で、哲学と文学を架橋する、自己の関心に適った美学こそ自分のテーマであることを確信していたのである。結局彼は哲学を捨てて、文学へ向かうことになるのだが、彼の俳句論が、理論的に打ち立てられていく背景には、こうした哲学・美学への志向が強く作用していたことは容易に想像がつく。

子規・漱石の成績表

ただし、子規は優秀な学生とは言い難かった。明治十八年の学年試験では落第している。後年振り返るように、幾何学は英語で説明がなされ、それが原因であった（『墨汁一滴』）。

とにかくに予備門に入学が出来たのだから勉強してやらうといふので英語だけは少し勉強した。もつとも余の勉強といふのは月に一度位徹夜して勉強するので毎日の下読などは殆どして往かない。それで学校から帰つて毎日何をして居るかといふと友と雑談するか春水《しゆんすい》の人情本でも読んで居た。それでも時々は良心に咎《とが》められて勉強する、その法は英語を一語々々覚えるのが第一の必要だといふので、洋紙の小片《こぎれ》に一つ宛英語を書いてそれを繰り返し繰り返し見ては暗記するまでやる。しかし月に一度位の徹夜ではとても学校で毎日やるだけを追つ付いて行くわけには往かぬ。

後に子規と生涯の友となる夏目漱石はこう回想している。

正岡といふ男は一向学校へ出なかった男だ。それからノートを借りて写すやうな手数をする男でも無かった。そこで試験前になると僕に来て呉《く》れといふ。僕が行ってノートを大略話してやる。彼奴《あいつ》の事だからええ加減に聞いて、ろくに分ってゐない癖に、よしよし分ったなどと言って生呑込にしてしまう。

（「正岡子規」）

しかし、その漱石も、明治十九年、落第している。試験勉強にばかり専念していた芳賀矢一（後の東京帝国大学国文学教授）らを、一種軽蔑して遊んでいたのである。もっとも漱石の場合は、盲腸から腹膜炎を併発し、試験が受けられなかったのである（「落第」「中学文芸」明治三十九年九月号）。ただし、この落第が、日本近代文学で大仕事を成し遂げる二人を出合わせることになるのだから、事は重大である。

昨年一月、この二人に論理学を教えていた松本源太郎の成績表のメモ（福井県立こども歴史博物館蔵）が報告された。明治二十一年から二年にかけての子規・漱石の成績が明らかになったのである。それによると、漱石は一学期八十点、二学期は九十点、子規は七十四点と八十二点であった。漱石はクラス三十八人中の一等である。ただし、この二人が哲学の大秀才と認めた一つ若い米山保三郎は、一学期こそ六十点だが、二学期は九十四点であった。子規は、この米山の俊才ぶりには兜を脱ぎ、建築家になる夢を見ていた漱石は米山に諭されてされて、英文学の道へ進むことになる。

3　短歌・俳句のたしなみ

和歌を習う

これよりややさかのぼるが、明治十八年七月、松山に帰郷した折、子規は秋山真之の紹介で井出真棹《まさお》に和歌の手ほどきを受けている。松山藩士のこの人は、幕末歌壇をリードした香川景樹の門流で、『海南新聞』の和歌欄の選者も務めることになる。

子規は後に短歌革新を主唱する際、香川景樹ら『古今和歌集』を尊重する旧派歌人を徹底的に批判することになるのだが、その折も、

実は斯《か》く申す生《せい》も数年前迄《まで》は『古今集』崇拝の一人にて候ひしかば、今日世人が『古今集』を崇拝する気味合《きみあい》は能《よ》く存申候。崇拝してゐる間は誠に歌といふものは優美にて『古今集』は殊《こと》にその粋を抜きたる者とのみ存候ひし…

（「再び歌よみに与ふる書」明治三十一年）

と述懐している通り、実は伝統的な和歌を一通りは学んでおり、その内実をよく心得ていたのであった。

今日残る子規の俳句では、明治十八年のものが一番古い。明治十八年一月八日、河東静渓の子で、碧梧桐の兄竹村鍛《きとう》（黄塔）宛ての手紙に載るそれである。

雪ふりや棟《むね》の白猫声ばかり

俳句との出会い

漢詩仲間に送った遊びが、少し本格的になるのはその二年後のことである。明治二十年の夏、松山に帰省の折に、三津浜在住の勝田主計に伴われ、裕福な織物商で、俳諧宗匠の大原其戎《きじゅう》に入門した。主宰誌『真砂の志良辺《しらべ》』九十二号（八月刊）に

虫の音を踏わけ行や野の小道　松山　正岡

の句が初めて載っている。以降毎号「東京　丈鬼」と名乗って投句し、其戎からは通信添削を受けた。「丈鬼」の号は、江戸の俳人内藤丈草・上島鬼貫にちなんだもので、其戎が名付けた。常盤会寄宿舎に同宿する新海非風《にいのみ》や藤野古白も参加したが、其戎は明治二十二年四月、七十七歳で亡くなった。「余が俳諧の師」として悼んでいる。

其戎は、後に子規が旧派の頭目として批判した、桜井梅室の弟子であったが、この頃の句を見る限り、其戎に批判的な態度は確認できない。むしろ、子規の句も、この時点では「旧派」の枠内にとど

まっている。

明治二十三年八月号以降、子規は『真砂の志良辺』への投句を取りやめている。この頃から「俳句分類」の作業に取り掛かり始めたからと推察される。俳句史を学び、先鋭的な俳論家として頭角を現すのはまだ先のことであった。

4　青春の光――野球青年

ベース・ボール――「白」の稚気

病人の印象が強い子規だが、彼にも溌剌とした躍動の青年期があった。その点では、講義に真面目に出ていた、親友夏目漱石とは対照的である。青春を謳歌した子規が熱中したものの一つに野球がある。明治十九年から興味を持ち始めたが、明治二十一年、第一高等中学校の寄宿舎生活が、子規を野球に駆り立てた。結核菌が腰を冒して歩行にも困難をきたした明治二十九年、こう振り返っている。

此頃はベースボールにのみ耽《ふけ》りて、バット一本球一個を生命の如くに思ひ居りし時なり。

（「新年二十九度」『日本人』十三号）

一つのバットとボールを「生命」に置き換える感覚は、愛すべき子供っぽさである。この随筆を書いた同年にこの句がある。

草茂みベースボールの道白し

すべてを見えなくするような、旺盛な活力の夏草の中、一直線の「白」が引かれる。子規がよくやる色の対比だが、それによってお互いの生命感がより引き立ち、響きあう。若人の声が、球を打つ音が、そして試合の緊張感や夏の光までが浮かんでくる。子規の句を調べてみると、健康的な「白」の句が多いことに気づかされるが、子規の精神は、この「白」に象徴されるように、男性的で、いい意味で稚気に溢れるものだった。

子規の発想の原点

今でこそプロ野球が定着しているが、日本の野球の歴史は、大学野球の歴史と重なる。明治四年（一八七二）に来日したアメリカ人の御雇外国人教師ホーレス・ウィルソンが当時の東京開成学校予科（子規の在学する第一高等中学校の前身）で教えたことに始まり、全国的に広まった。子規もその例に漏れない。

その中で子規の野球論は、この人物の文才の秘密を我々に教えてくれるようである。『筆まかせ』明治二十一年の部に「Base-Ball」なる一文がある。

冒頭、日本に運動となるべき「遊技」は少ないとして、野球以外の競技の欠点を列挙する。子規によれば、まず「遊技」は名の通り楽しくなければならない。その点、競馬・競走・ボート・高跳び・

幅跳びは単純すぎて楽しみが少ないし、二人三脚や球拾いは幼稚すぎる。テニスは駆け引きがあって、その点では評価するが、「婦女子」向きだと切り捨てる。

その点、「壮健活発の男児」にとって「愉快」なのは、野球なのだ、という。囲碁・将棋のように頭ばかりを使いすぎることもなく、他の競技のように単純すぎることもなく、運動にもなるとその効用を説く。ここには、比較・分析・俯瞰した情報整理があって、子規が後に、「俳句分類」をやって、俳句の理論を整理して説いていく思考回路が、既に出来つつあることが見て取れる。

なぜ、野球は男子の「遊技」なのかと言えば、戦いに通じるからだという。球が行きかうスピード、攻守分かれて比喩的な意味で相手を「討ち取っていく」ルール、かつ戦争は命を失うが野球は、「ごっこ」に過ぎないので、その楽しみの部分だけを味わえる。優しさに重きを置く現代では、違和感を抱く向きもあるかも知れないが、優勝劣敗を当然と考え、強くあることが求められた維新から明治の時代の精神を子規も体現していたのである。

集団の楽しさと簡潔な強さ

男性的好みと共に興味深いのは、子規の簡潔さへのこだわりである。子規の一文はこう締めくくられている。

> ベース、ボールは総て九の数にて組み立てたるものにて、人数も九人宛《づつ》に分ち勝負も九度としpitcher の投げるボールも九度を限りとす。之を支那風に解釈すれば九は陽数の極にてこれほど陽気なものはあらざるべし。

この時代、悪球は四球でなく、九球まで許されていたのだが、中国の易の世界観で、もっとも目出度い、男性の数（奇数）が極まった九という数字尽くしで落ちをつけるところは、子規の漢学書生ぶりが発揮されていてご愛敬だが、むしろ注目すべきは、子規の数へのこだわりである。子規の俳句論は、一面数学的である。単に数値化して計測・分析するというだけではない。

数の中に、簡潔で深淵な原則を見ようとする子規の関心が、ここから読み取れる。後に紹介するように、子規の俳論にも俳句制作にもそういう面があった。

さらに、ここで注目すべきは、簡潔なルールへの抵抗のなさ、集団で楽しむことへの愛好、そして戦いを挑むことへの怯みのなさ、である。子規が定型でルールを持ち、集団で制作する俳句・短歌に引かれる気分は、この野球論からも見てとれるし、後に果敢に旧派の俳人・歌人を攻撃して憚らない論争家子規の相貌は、既にこの時顔をのぞかせている。

後に子規は、野球を短歌九首に詠んでいるが、ここに子規のベースボール愛好は集約されていると言ってよい。

久方のアメリカ人のはじめにしベースボールは見れど飽かぬかも
国人ととつ国人とうちきそふベースボールは見ればゆゆしも
若人のすなる遊びはさはにあれどベースボールに如《し》く者はあらじ
九つの人九つのあらそひにベースボールの今日も暮れけり

今やかの三つのベースに人満ちてそぞろに胸のうちさわぐかな
九つの人九つの場をしめてベースボールの始まらんとす
うちはずす球キャッチャーの手に在りてベースを人の行きぞわづらふ
うちあぐるボールは高く雲に入りて又も落ち来る人の手の中に
なかなかにうちあげたるは危かり草行く球のとどまらなくに
（『竹乃里歌』）

子規は野球の楽しみを表現もしていて、最初の句は「あめ（天）」につながる枕詞「久方の」と詠んで「天」と「アメリカ」を懸ける洒落っ気もある。彼の号には、本名の「升《のぼる》」にひっかけて「野球（ボール）」「能球」という悪戯なものまであるのだ。

子規は後に随筆『松蘿玉液』（明治二十九年）でも、三回にわたって野球の魅力を説いているが、「ストライカー（打者）」「ランナー（走者）」「フライボール（飛球）」「ヂレクトボール（ダイレクトが訛ったか）、直球）」といった、今日にも使われている野球用語の訳語を提唱している。子規が今日の訳語の名付け親の位置にあったのかどうかは不明だが、子規は自分が「愉快」と思うものの宣伝には、すこぶる熱心であったことも忘れるべきではない。子規は、陽気で茶目っ気があって、かつ雄々しい「啓蒙家」なのである。子規の後継者となる高浜虚子も河東碧梧桐も、口をそろえて子規の第一印象として、野球に興じるまぶしい姿を挙げるのは、象徴的なことと言えよう。

芸術とスポーツ

子規は野球の本質をよく理解していた。彼の文芸活動と野球は根のところでつながっている。ここでもスペンサーの存在は大きい。たとえば、スペンサーの『心理学原理』には、「遊技と呼ばれる活動は、美的なそれと一体である」とか、「実用に供さない運動は、必ず美的な性質を有している」といった記述がある。

子規はそれを「美術ノ感ハ play-impulse（遊びへの衝動）ヨリ起ルナリト。斯氏曰ク、コレハ free-play ト云フコト也。両方共ニ useless activity（不要不急の活動）ト云フコトニ於テ一致ス」と解した（Spencer's Theory on Aesthetical sentiment）。

子規にとって身体的遊戯たる競技スポーツは美的活動と同根であり、非実用・自由という点で文学・芸術と同一線上にあるものだった。子規にとって集団で野球に興じることも、文芸の創作を競うことも、自由闊達な美的活動という点では同じで、そういった子規の実践の魅力に、周囲の人々は吸い込まれていったのである。

野球のユニフォーム姿の子規
（松山市立子規記念博物館蔵）

第三章　卯の花をめがけてきたかほととぎす
――学生時代（二）（一八八九～九二）

1　漱石――ライバルにして親友

本章では、子規が喀血をして子規号を使いだす明治二十二年から、帝国大学を退学して新聞『日本』社員となるまでを扱う。生涯の友夏目漱石と出会い、哲学者・小説家を夢見ながら、結果的に俳句にのめり込んでいく、人生航路が決まっていく時期である。

出会い

明治二十二年（一八八九）一月、子規個人の文学の上でも、大きく見れば日本近代文学の歴史上も、きわめて重要な交遊が始まった。夏目漱石（本名金之助）との出会いである。後に子規は、数ある友人を分類して、特に漱石のことを「畏友（尊敬する友）」（『筆まかせ』「交際」）と呼んでいる。互いに刺激しあうライバル関係と、文学における共鳴は、子規・漱石を後世に残る文学者にした。特に作家漱石は、子規の後継者高浜虚子の雑誌『ホトトギス』で、「吾輩は猫である」（明治三十八年）を連載することから誕生する。その一事から見ても決定的である。漱石は子規についてこう後に回想する。

非常に好き嫌いのあつた人で、滅多に人と交際などはしなかつた。僕だけどういふものか交際した。（中略）彼と僕と交際し始めたも一つの原因は二人で寄席の話をした時先生も大に寄席通を以つて任じて居る。ところが僕も寄席の事を知つてゐたので話すに足るとでも思つたのであらう。其から大に近よつてきた。

（「正岡子規」『ホトトギス』明治四十一年九月号）

子規が友人を選んでいたのは事実である。当の本人がこの当時こう書き残している。

余は交際を好む者なり。又交際を嫌ふ者也。何故《なにゆえ》に好むや。良友を得て心事を談じ艱難相助けんと欲すれば也。何故に嫌ふや。悪友を退け光陰を浪費せず誘導をのがれんと欲すればなり。余ハ偏屈なり、頑固なり。すきな人ハ無暗にすきにて嫌ひな人ハ無暗にきらひなり。（『筆まかせ』「交際」）

落語——共通の趣味

二人の交遊の始まりが、落語趣味を介したものだった、というのも象徴的である。二人は共に寄席通いが趣味であり、そこで意気投合した。『坊っちゃん』『吾輩は猫である』を読めば、落語の影響は明らかだが（中島国彦「漱石的ユーモアの源流」）、子規も後に、

春の夜や寄席の崩れの人通り（明治二十八年）

と詠んでいるように、落語好きは人後に落ちなかった。子規自身、俳句の長所を他の文学に比べ、「軽妙」である点に求めている（『俳諧大要』）。俳句に共通するユーモアの感覚がまず二人を結び付けたのである。

子規は後に紹介するように、漱石を俳句に引っ張りこみ、晩年には、「我俳句仲間に於いて俳句に滑稽趣味を発揮して成功したる者は漱石」であると断じ、落語家が楽屋では存外厳格で窮屈な人格であるのと同様、真面目で気難しい漱石こそが真の滑稽を詠み得ると評している（『墨汁一滴』）。

喀血――「子規」の誕生　この年五月九日夜、突然の喀血が子規を襲う。翌日、医師から「肺病」（肺結核）と診断された。死に至る病の宣告を受け、子規は「時鳥《ほととぎす》」の題で四、五十句を詠んで、以降この鳥の漢名である「子規」と名乗る。

時鳥は、「啼血」、すなわち漢詩において血を吐くように啼くとも、口中が真っ赤であるとも言われて、こう詠み慣わされてきたが、それを自身の喀血が、古来、和歌・俳諧でその時期の鳥だとされた初夏だったこととかけたのである。

卯の花をめがけてきたかほととぎす

喀血後に詠んだとおぼしいこの句の場合、「卯の花」も初夏の花ではあるが、卯年生まれの子規自身をも意味したであろう。卯の花の純白と、鮮血の赤の色の対比を狙ったものだが、時鳥は古来「四手（死出）の田長《たおさ》」「無常鳥」などの別名があるように、冥途からの使いという不吉な意味もあった。

当時は確実に死に至る病であり、伝染の恐怖から忌避された結核という死神の使いを、子規は自分自身に「めがけてきたか」と笑ってみせている。人生最大の危機にも、それを客観視して見せる余裕が、演技も含むとは言え、ここには読み取れる。

漱石の激励

子規の喀血から四日後に、漱石は、「小にしては御母堂のため、大にしては国家のため自愛せられん事こそ望ましく」と子規を手紙で励まし、

聞かふとて誰も待たぬに時鳥

と、死出の鳥としての時鳥の声など誰も待たぬのに、とやはり笑いを交えて子規の病を詠んだ後、自分の兄も結核を患っていることを告白して、「かく時鳥が多くては風流の某《それがし》も閉口の外なし。呵々《かか》（笑い声を意味する言葉――引用者注）」と、諧謔の詞で手紙を結んでいる。

当時はまだ医学の発達を見ず、結核患者の死がよくあったこととは言え、死という重大事に対し、余裕を持とうという心の強さの由来は、どこにあるのだろう。詳しくは本書の最後で述べることになるが、ここで注目すべきは、子規を元気づける漱石の拠り所が、母上への親孝行とともに、国家のた

めに仕事を残すべき君なればこそ、体を大切に奮起してほしいというものだった点にある。

漢詩を通して友情をはぐくむ

子規は、この前年の夏休みに帰省せず、向島須崎村（現東京都墨田区向島須崎町）長命寺門前の桜餅屋山本屋の二階に下宿し、『七草集』の前半部分を執筆した。向島は江戸時代から文人墨客の愛した土地で、江戸文芸を好んだ子規は、特にこの地を選んで住んだのである。そして翌明治二十二年五月の喀血の直前の一日、『七草集』を完成させた。これは秋の七草にちなんだ七つの章からなり、漢文・漢詩・和歌・俳句・謡曲・擬古文など様々な形式で書かれたものである。

子規はこれを友人たちに回覧し、批評を求めた。二十五日、漱石は病床の子規を見舞い、評を付して返した。漢文と漢詩の七言絶句を駆使して、「大著七篇、みな趣きを異にして巧を同じくすること、なお七草の、姿態を同じくせずして、しかもその澗《たに》に沿い籬《かき》に倚《よ》り、細雨微風に楚楚《そそ》として愛すべきに至りては、すなわち一なり」と賛辞を送っている。この時に初めて「漱石」と署名した。

学生時代の漱石
（公益財団法人日本近代文学館蔵）

対する『木屑録《ぼくせつろく》』は漱石による漢詩紀行文である。同年八月、漱石は知人たちとともに二十四日間の房総旅行に出かけ、その時の見聞をまとめた。九月十五日の子規宛て書簡には、「帰京後は余り徒然のあまり、一篇の紀行やうな、妙な書を製造仕候。貴兄の斧正《ふせい》を乞はんと、楽みをり候」とある。『木屑録』は、子規の『七草集』に触発され、何よりも子規に見せる事を目的として書かれたものであった。

これを読んだ子規は、漱石が「頼みもしないのに跋を書いてよこし」(『正岡子規』)、漱石の「天稟の才(生まれつきの才能)」をほめ、「吾兄のごときは、千万年一人のみ」と絶賛し、「余は始めて一益友を得たり」(『木屑録』評)と、その喜びを隠さなかった。このように「漱石」は、子規を最初の読者として誕生したのである。子規が最も気に入った詩を取り上げよう。

客舎にて正岡獺祭の書を得たり。書中、戯れに余を呼びて郎君と曰ひ、自らは妾と称せり。余、失笑して曰く、獺祭の諧謔、一に何ぞ此に至れるやと。輒《すなわ》ち詩を作り、之に酬いて曰く…

獺祭は子規の号。これは漱石の『木屑録』序文で、子規は手紙でふざけて漱石を男性の恋人に、自分を女性に見立てて名乗ってきた。漱石が後に振り返るように、子規・漱石の役回りは、男性的にリードするのが子規で、漱石はこれに付いていく受け身な女性的役割だったという(『友人子規』)。この諧謔に想を得て、次の漱石の漢詩がある。

鹹気《かんき》顔を射て顔黄ならんと欲す
醜容《しゅうよう》鏡に対すれば悲傷《ひしょう》し易し

馬齢《ばれい》今日《こんにち》廿《にじゅう》三歳《さんさい》
始めて佳人《かじん》に我が郎《ろう》と喚《よ》ばる

冒頭、房総の海の塩気で顔が黄色くなったため、醜い顔で鏡に向かうと悲しくなるだろうと自嘲する。次に子規の呼び方を受け入れ、その口ぶりを真似て、日焼けの「醜容」になって、二十三歳の漱石は、美人の子規によって、はじめて「恋しい貴方」と呼ばれたのだと言う。

つまり、漱石は、自己及び子規との関係をも戯画化してみせたのである。このように自分達を突き放して笑ってみせる仲の良さが、二人の交友の核にはあり、生涯それは続いていく。漢詩文の才能とともに、この笑いが付きまとう爽やかさが、日本近代文学上の大仕事を成し遂げていく二人をつないでいた。

友情の本質

二人を結ぶものは、諧謔ばかりではない。子規や漱石の世代は、明治十九年にできたばかりの帝国大学への進学を翌年に控え、国家建設の先頭に自分たちが立つという自覚があった。こうした彼らの「志」が、死病に取りつかれたタイミングで露出したと見るべきなのだろう。彼らは、自己一人の栄達や利益のみならず、いやむしろそれを超えた歴史的事業を残すことに人生の目的を据えることのできた世代であり、またそれが自分たちの責務でもあると考えていたふしがある。

漱石もまた、子規没後のことではあるが、「余は吾文を以て百代の後に伝へんと欲するの野心家なり」（明治三十九年十月二十一日、森田草平宛書簡）とか、「僕は一面に於て俳諧的文学に出入すると同時に一面に於て死ぬか生きるか、命のやりとりをする様な維新の志士の如き烈《はげ》しい精神で文学をやつて見たい」（同年十月二十六日、鈴木三重吉宛書簡）と語っている。高い目標を持った者同志の友情から出た言葉だったと見てよい。

子規もまた、後に畢生の俳句論『俳諧大要』において、俳句を壮大な志とそれに見合う努力で開拓しえた時、「則ち俳句在り、俳句在り則ち日本文学在り」と結んだのは、自分たちが新しい時代の、日本語の模範を作っていくのだという気概が、あふれ出たものだったと考えるべきであろう。

2　俳句に開眼

子規の喀血は転機だったようで、『筆まかせ』「比較譬喩的詩歌」（明治二十二年）をまとめて、理屈っぽい比喩の多い自分の俳句の出発を反省している。明治二十四年暮れには以前から着手していた「俳句分類」も丙号に及んだ。

「俳句分類」

「俳句分類」とは、連歌の発句や『毛吹草』から写しはじめられ、明治二十二年ごろから約十年の間に、十二万を超える、主に江戸時代の句を収集し、分類したものである。既に始められていた季語別分類の甲号を第一に、今日残る稿本は六十六冊に及ぶ。この膨大な作業の過程で、『俳家全集』『一家二十句』『俳諧系統』『俳書年表』『日本人物過去帳』など、勉強の成果が次々と積み上げられていった。

活字化された俳句のテクストが揃わないこの時代、当然、江戸時代に出版され書写された俳書の蒐集も行われた。子規は後に最初の本格的俳論『獺祭書屋俳話』において、「獺祭書屋主人」という号を名乗る。「獺祭」とは、元来春になって獺《かわうそ》が魚を捕えることを言うのだが、その習性が魚を神仏への供物のように川岸に並べるものであることから、書物を座右に並べて詩文を作ることや、蔵書家・考証癖などを言うようにもなった。唐の詩人李商隠が「獺祭魚」の名で呼ばれ、漢詩文に造詣の深かった子規も、この故事にならってか、自称した。

明治二十四年末の自筆の『獺祭書屋蔵書目録』は、一三〇六点を数えるが、江戸期の俳書が圧倒的に多いのも、この分類のための書物蒐集であった。珍しく手に入らないものについては、上野にあった東京図書館で筆写もしている。その多くは現在、法政大学図書館子規文庫に収められている。

「俳句分類」の大半は甲号が占め、当時の歳時記や類題句集とほぼ同様に、四季と雑で分類されている。乙号では季語以外の事物（建築・器物・外国品・女流など）による分類、丙号では形式や実質的特徴などさまざまな特徴（「片仮名入り」「に止め」「類句」など）による分類、丁号では句調による分類がなされており、後の三種は従来の方法を踏まえた甲号を軸として派生的に浮かんでいった細目により分類をしたものらしい。

つまり、子規は俳句について、今日でいうところの「データ・ベース」を作ったのである。子規は、科学的方法で俳句の情報を網羅し、見渡し、整理して、我がものとしようとした。大原其戎死後、師のいない子規にとっては、このデータ・ベース作りが、それに代わるものとなり、後に高々二十代半ばの若造が、老宗匠たちを攻撃する根拠とも原動力ともなっていったのである。

芭蕉への傾倒と旅

明治二十四年十一月初旬には、三日間の武蔵野旅行から、写実的態度を多少なりとも体得したと自身手ごたえを感じた（「獺祭書屋俳句帖抄上巻を出版するに就きて思ひつきたる所をいふ」）。

蕨・忍（行田）・熊谷・川越・松山（東松山）を巡ったこの句作旅行は、芭蕉一門の『猿蓑』と高桑闌更、加藤暁台、大島蓼太らの句を載せた『俳諧発句三傑集』の端本を読んで、思い立った。これもおそらく「俳句分類」編纂中に読んだのであろう。子規は以下の句を当時の自信作としている。

凩《こがらし》や荒緒くひこむ菅《すげ》の笠
夕日負ふ六部《りくぶ》背高き枯野かな
雲助の睾丸黒き榾火《ほたび》かな

一句目の菅笠は、この旅の折に蕨で買い求めたもので、子規としては俳人としての出発点をこの旅に見ていたからであろう。後にこの笠と蓑を子規庵に飾ることになる。

芭蕉七部集の中でも子規は、『猿蓑』をこよなく愛した。「俳句分類」の過程で、室町時代の初期俳諧を皮切りに、貞門・談林・蕉風と俳諧の歴史を丹念にたどってゆく中で、芭蕉に至って新味がようやく出てきたことを実感し、特に『猿蓑』が「おとなしくて上品で趣味が深くて言葉調子が善くととのふて幾度見ても飽かぬ」（『芭蕉雑談』「或問」）と俄然子規の心をとらえて離なさず、旅を思い立ったとも言っている（「獺祭書屋俳句帖抄上巻を出版するに就きて思ひつきたる所をいふ」）

後に、月並の崇拝の対象だった芭蕉を批判することにもなる子規だが、旅による直接の自然や人々への観察から、句を詠めたことが、子規の自信につながったのである。

高浜虚子との出会い

少しさかのぼって、明治二十三年、子規は俳句の後継者となる高浜虚子に出会う。松山城の北はかつて武家屋敷が立ち並んでいたが、維新後練兵場となっていた。そこで松山中学在学中の虚子達が野球に興じていた時、帰省していた子規の方から話しかけた。虚子はこの時、子規の七歳下の十六歳。子規はバットとボールを虚子たちから拝借、東京の「本場仕込みのバッチング」を見ることを光栄に思い、視線を送る虚子は、四から六名の書生の中でも、あまり洗練されていない風采の子規を、まだ名前は知らなかったが、後にこう回想している。

旅姿の子規
（公益財団法人日本近代文学館蔵）

そのバッチングはなかなかたしかでその人も終には単衣《ひとえ》の肌を脱いでシャツ一枚になり、鋭いボールを飛ばすようになった。そのうち一度ボールはその人の手許《てもと》を外れて丁度《ちょうど》余の立っている前に転げて来たことがあった。余はそのボールを拾ってその人に投げた。その人は「失敬。」と軽く言って余からその球を受取った。この「失敬」という一語は何となく人の心を牽《ひ》きつけるような声であった。

（『子規居士と余』）

虚子のライバルとなる河東碧梧桐も、子規との直接の交際が本格的に始まったのは、前年の明治二十二年十二月、野球を介してであった。碧梧桐もこの時の子規をまぶしく思ったと回想している。もっとも前章で述べたように、碧梧桐の父の漢学塾に通っていた子規を彼は以前から知っており、横によく動く子規の眼とその光に強い印象を受けていた（『子規を語る』）。

小説を書くために俳句を知る

翌明治二十四年、虚子は、雑誌『国民之友』『早稲田文学』『しがらみ草紙』の愛読者となり、小説家を志すようになる。同期の親友河東碧梧桐も、同じ関心を持っていることを知り親しくなると、碧梧桐から文学を志す同郷の先輩子規の存在を教えられ、既に文通が始まっていることを知らされた。そこで虚子も子規に手紙を通して交際を申し込む。同年五月二十三日のことであった。昨夏練兵場での野球を介した出会いから書き起こし、

蓋《けだ》し余の兄《けい》に向テ斯《か》く恋情忍ぶ能《あた》はさる所以のものは、全く君と嗜好を等ふするによるものにして、君か一言一句は、以て余の肝胆に徹す可《べ》く、以て余か勇気を奪ふ可し（中略）（もしこれ以降文通での指導を許してくださるならば――引用者注）君は一の救世主なり。否《いな》救人主とこそ称す可けれ。

子規を救世主ならぬ救人主と崇めて文通を懇願する、まるでラブレターのように情熱的な文面だが、ここで注意しておくべきは、虚子が碧梧桐に出遅れて子規に認識された点である。後にこの両者の立場は逆転し、子規は虚子を後継者として指名することになる。

虚子はこの文通を通して、本名の「清」をもじった、「虚子」という号も子規から贈られている（十月二十日）。碧梧桐と争って送った文通の内容は、小説上のことだったが、子規は二人を巧みに俳句に誘導している。『早稲田文学』を通して近松門左衛門こそ文豪であると考えていた二人に、子規は懇切な回答をするとともに、まず俳句を書き添えて二人に批評を乞うた。最初は俳句に関心を持たなかった二人は、近松より上に井原西鶴の存在があることを教えられ、西鶴は俳人でもあったので、小説を書くためのステップとして、俳句にも関心を持つようになった、と虚子は回想している（『子規居士と余』）。

3　小説に挫折

小説家への野望

子規が新興のジャンルである小説にはまり込んだのは、明治十八年九月、友人の下宿で坪内逍遙の『当世書生気質』を読んで衝撃を受けたことにさかのぼる。松山では馬琴の読本や『水滸伝』に夢中になったが、東京に出てからは、恋愛小説である為永春水の人情本を好んだ。ここまでの読書遍歴は、二葉亭四迷や森鷗外のそれとほぼ同じである。江戸文学は、我々が思う以上に、明治の作家にとっては生きた文学であった。しかし、逍遙の小説は、子規自身がその階層であった、当代の「書生」という新しい存在を主役に据えた、画期的なもので、「飛びたつ如く面白く思ひ」、幾度もこれを読んだ、という（『筆まかせ』「小説の嗜好」）。

文章は格調のある文語と現代語の折衷、趣向（プロットや場面設定）はリアルで生き生きしており、従来の小説のように無味乾燥なところがなく面白い、とあらゆる面にわたって本作を激賞している。「明治文学の曙光」（「天王寺畔の蝸牛廬」）とこの作品を位置づけるところから、子規にも小説執筆の野心が生まれたことは容易に想像できる。

子規は、明治二十年九月、小説「竜門」を書いて、仲間の大谷是空に批評を乞うている。翌明治二十一年五月には、先輩の尾崎紅葉・山田美妙が雑誌『我楽多文庫』を公刊し、小説界に乗り出している。この年の夏に子規が書いたのが、先に紹介した諸文体で創作を試みた『七草集』であった。子規は紅葉のまばゆい文壇デビューを意識していたようだ。明治二十二年春には、『二人比丘尼色懺悔』を読んでいる。同年十月にはゾラの英訳本も読んでいた。明治二十三年正月中には、小説「銀世界」を書いた。しかし、この年、それ以降創作はうまくいかず、子規の気分も沈み気味であった。

それはもう一つ理由がある。哲学の学者として立つことを志して、この年九月、文科大学の哲学科に進学するが、授業にほとんど出席しなくなってしまった。子規の興味は、この頃読んだ幸田露伴の『風流仏』（明治二十二年）の方に移ってしまったのである。木曽山中で出会った美女と仏師の恋物語で、ロマンチックな世界観と、漢文を基礎としたその文体は、いかにも子規好みであった。

翌明治二十四年は、子規の文学を語る上で重要な年で、入学して一年もたたずに、二月には早々に国文科へ転科した。子規はいよいよ小説家への野心を募らせ、紅葉・露伴が学んだ井原西鶴をマークしていたはずである。

小説と俳句の関係

紅葉の出世作『二人比丘尼色懺悔』は、西鶴の影響が喧伝され、『伽羅枕』（明治二十三年）にはよりその色が明確になる。明治二十一年から三年にかけて、紅葉一派の硯友社では、西鶴への関心が非常に高かった。

露伴も、明治二十二年九月、『文庫』六二号に、後書きで西鶴の『好色五人女』を学んだと吐露する「刹那生死」を掲載、さらに『新著百種』五号として『風流仏』を刊行した。子規が惚れ込んだ『風流仏』の文体が、西鶴に学んだものであることは、翌月に、当代一の批評家内田魯庵が、『風流仏』をとりあげて、西鶴没後百年にあたり、露伴をその系譜の人として激賞したように、当時から認識されていた（「露伴の『風流仏』」『女学雑誌』一八三号）。

先に紹介したように、虚子との文通により確認できる、子規の西鶴への関心は、おそらく露伴や紅葉などこの時期の代表的な作家が、西鶴に学んだことを受けたものであったろう。

俳句は、極小の文学であり、いかに客観的に事物を詠んだとしても、それは同時に作者の主観と表裏一体のものである。先に、前章の章題に挙げた、

草茂みベースボールの道白し

にしても、夏草が一体に生い茂った広さ・高さと緑、それに白い直線という事物を並べたに過ぎない。字数の少なさは、俳句をこのようなモノの配置、名詞の詩として運命づける。しかし、数ある夏の野球の風景から、夏草と白の直線を切り取ってくることで、読者は、歓声や打球音など熱き戦いの音や光、緊張感や生命力を連想する。

逆に言えば、この連想にこそ、日常の会話、事務的な記事や議論とは異なる、読者の主観を誘う小説の文章の秘密が隠れている。井原西鶴は、江戸時代で最初の本格的な小説作者である以前に、談林派の俳人であり、明治の作家たちも西鶴の小説の語り口に注目して、俳句を学びはじめた。特に、子規と同世代の流行作家である尾崎紅葉と幸田露伴がそうであった。

子規は、自分と同輩の紅葉が、流行作家としてもてはやされているのを、半ば嫉妬して批判しながらも、友人の『我楽多文庫』を盗み読んでその才気に内心驚いていたことを、後年吐露している（「天王寺畔の蝸牛廬」）。

先に紹介したように、子規が小説家志望の虚子から、熱烈な好意にあふれる書簡を送られて、小説を書くには西鶴を勉強せよ、そして西鶴がわかるには俳句が大切だ、とこれを誘導していったことは、上記の経緯を証明して余りあるものである。子規が、小説にも俳句にものめり込んだのは、単に関心が散漫だったのではなく、小説の文章修行という一点において繋がっていたはずなのである

漱石との論争

子規が露伴やその先輩格にあたる饗庭篁村《あえばこうそん》の小説に夢中になっていた頃、一方で漱石と小説をめぐる興味深い論争をしていた。子規はこれまでも紹介してきたように、

多様な文学を雑食的に消化し、文体をあの手この手で器用に書くことができた。ところが漱石は、いくら文体をいじくったところで、肝心の思想がなければ駄目だと議論をふっかけたのである。

それは、明治二十二年十二月三十一日の子規宛て書簡で、「今度は如何なる文体を用ひ給ふ御意見なりや」という皮肉まじりの言葉で始まる。もともと子規の文体は、「なよなよとして婦人流の習気」が抜けきらず、篁村の小説に影響を受けて面目が一新したように見えても、「真率の元気」に乏しいと手厳しい。

漱石によれば、文章の妙味は胸中の思想を端的に、飾り立てることなく、平易に直叙する点にあり、「章句の末」のこだわるのは生産的ではないと、本質を衝いてきた。逍遙にまず影響を受けた子規は、『源氏物語』や江戸の恋愛小説人情本に影響を受けていたか。それが篁村流に衣替えしても、「思想」を直叙する文体が無ければ駄目だとした上で、漱石の目から見れば、修辞に眼を奪われている当時の流行作家は、自分で大家だと思い込んでいるだけだと、その批判は文壇全体に及んで激烈である。

しつこい漱石は、翌年の正月にも、理想（思想）を優先してレトリック（表現技巧）を後回しにせよ、長い文章論を送って寄こすが、子規は有効な反論を出来ていない。

漱石には、子規の死後、思想を平易に直叙する小説を数々世に出していくが、その素地がここには垣間見える。対して、子規は漱石の言っている意味が身に染みたので反論できなかったと思われる。

二人を結びつける漢詩文の世界では、日常の世界を題材にして直叙することは、市民権を得ていた。子規が上京して熱中したのは、菅茶山《かんちゃざん》・広瀬淡窓・頼杏坪《らいきょうへい》ら、主観的・抒情的であるより、実景にもとづく淡泊で自然な味わいの、宋詩風の作家の作品だった。彼らが範と仰いだ陸游の詩の抜書（『随録詩集』）も、法政大学図書館子規文庫に残っている。病などで志を得なかった詩人が、自然の情景に詩境を見出す詩風は、病を得た子規には極めて親和性が高かった。漢詩ではそこへ向かう子規だが、小説では逆方向に向かう子規を、漱石はたしなめたのだと思われる。

子規は小説でこそ方向転換を図れなかったが、「俳句分類」を通して、芭蕉の句に、普遍的品格を見出し、後述するように月並俳句を批判するときも、日常を直叙する品格の詩と対置した。その背後にはこの漢詩趣味があったのだろう。やがて、子規の見出した「写生」は、文章作成にも転用され、その実験の舞台だった雑誌『ホトトギス』で、漱石は小説家としてデビューする。

木曽旅行の成果

明治二十四年の六月二十五日から七月四日にかけて、わざわざ遠回りになる木曽を経由して、松山に帰省したのは、露伴の『風流仏』の舞台がここであったことが大きな理由であったろう。この旅行は準備がなされたものであった。法政大学子規文庫には、「信濃国全図」（明治二十四年四月版）が残っている。ここで子規漢詩の最高傑作「岐蘇《きそ》雑詩」三十首が詠まれることになる。その第六首にはこうある（カッコ内は引用者注）。

煙火（炊事の煙）の渓村　影　漸《ようや》く疎《まばら》なり
寥寥《りょうりょう》たる古寺　崎嶇《ききょ》（険しい山肌）に倚《よ》る
画中の詩意　山　濃淡あり

静裡の動機（感じる契機）　雲　巻舒す（伸び縮みする）

新聞『日本』の同僚で、漢詩壇の領袖だった国分青崖《こくぶせいがい》は、この詩の絵のような美感に王維の詩境を、ロマン性には李白のそれを指摘して褒めている。

他方、この信州旅行を描いたのが、紀行文「かけはしの記」で、ここには俳句と短歌が載る。紀行文は、かつて信州を旅した芭蕉の文章を意識しながらも、『風流仏』の影が随所に顔をのぞかせている。端的に言って恋の気分が読みとれる。仏師が旅の途中で、花漬け売りの娘と出会うことで始まる露伴の小説が、子規の脳裏を離れていないと読めるのである。

奈良井の宿では、都に出しても恥ずかしくない、同年配の女房に茱萸《ぐみ》をもらい、藪原では、名産のお六櫛《ぐし》を買ってはみたものの、贈る相手もいないと自嘲してみせ、寝覚の里の先では、『風流仏』ゆかりの花漬けを売り子から買って、その美しさに癒されている。ラストでは、鉄道を待つ間、茶屋で昼食を取っていると、汽車に間に合わぬと下女が子規の荷物を草鞋まで抱えて走り出し、子規は裸足で裾をからげてこれを必死に追う滑稽な場で一編を閉じている。

女っ気をあまり感じさせない子規の、なかなか隅に置けない一面が垣間見えて楽しい。『風流仏』では、若い仏師が、旅先で出会った貧しい物売りに恋をし、一旦は結ばれるも、女の父親が突然現れ、女を連れて行ってしまう。男は女を忘れられず、女をモデルにした神像を作る。このロマンチックな小説を念頭に、その面影をちらつかせながら、恋物語の主人公にはなり切れない自分を笑ってみせる

小説『月の都』草稿本自筆口絵
（和田克司『正岡子規入門』）

趣向だった。子規の小説志向が見て取れるのである。

小説「月の都」

大学の授業にも出なくなった子規は、この年の暮、小説の執筆に集中すべく本郷の常盤会宿舎から引っ越して、駒込追分町の奥井家の離れに転居した。ここで小説『月の都』の執筆に着手するのだが、駒込は、露伴の家に近く、代表作『五重塔』の舞台でもあった。

翌二十五年二月、『月の都』を脱稿した子規は、当初かなり自信を持っていたようだ。漱石は後年、「あの時分は『月の都』といふ小説を書いてゐて、大に得意で見せ」（「正岡子規」）たと回想している。しかし、露伴を訪ねて得た反応は芳しいものではなかったらしい。この時の訪問について、のちの碧悟桐と露伴との会見録（『俳句研究』昭和十年一月号）によると、子規は発表の紹介を願い、露伴は春陽堂へ紹介したものの上手く運ばず、弱ったと述べている。

ここで小説家への夢を子規はさっぱりと捨てて、俳句に向かった。結核を患っている子規にとって、時間はそう残されていないという判断であったかと思う。明治二十年代は、日本の近代小説の勃興期である。小説というジャンルこそが新文学の主役に躍り出た時期であった、と言っていい。子規もその流れに乗ろうとして挫折したが、子規には俳句があった。ここに俳論俳句で颯爽と登場する子規が準備されたのである。

4　俳論家「子規」の登場

小説に見切りをつけた子規は、明治二十五年二月二十九日には、駒込の離れ住まいも止めて、根岸（上根岸八十八番地）に移っている。子規の身元引受人をその叔父加藤拓川から引き受けていた陸羯南が隣に住んでいたからだろう。子規の動きは非常に速い。

『獺祭書屋俳話』

子規は六月には『獺祭書屋俳話』としてまとめられる一連の俳論を、計三十八回にわたって、羯南主宰の新聞『日本』に連載し始める。俳論家兼俳人子規の世間でのデビュー作と言ってよい。同時に連載中の同月には帝国大学の学年試験を落第し、追試験も受けず、退学を決意してもいる。

さて、無名の新人に過ぎない者が、文学評論で読者の眼を引くには、その世界で名の通った大物を相手にこれを堂々と批判するのが、最も効果的な方法である。子規が標的としたのは、江戸以来の其角風の洒落た詠みぶりで知られる、宗匠其角堂《きかくどう》機一《きいち》であった。子規はこの連載で、機一の『発句作法指南』を、その内容においては一定の評価をしつつ、随筆風の書き方に攻撃を加え、近代的学問の発達した今日においては、構成と論理が欠落しているとして「時代遅れ」の烙印を押した。

論説新聞『日本』

その構成と論理こそが、子規のセールポイントであり、読者も当然新時代の教育を受けた世代を念頭においてのことだっただろう。発表された新聞『日本』は、今のような情報の百貨店といっていい、多様な大衆を対象とする「マスメディア」ではなかった。そのような新聞のありかたは、日露戦争以降のことで、当時の新聞は種類も多く、それぞれの個性で売っていた。

新聞『日本』はニュースの伝達よりも、政治を分析し、批判し、あるべき方向性を提示して世論を喚起する社説的文章に特徴があった。陸羯南は官僚と藩閥による政治の独占を批判、鹿鳴館に象徴される過剰な欧化政策に反対する。日本の伝統に基づいた穏やかな近代化をとなえ、ゴシップは扱わず、振り仮名なしの漢文訓読体を採用した。資金は谷干城《たてき》・近衛篤麿《あつまろ》など保守政治家の寄付に依存した面もあった。

新聞『日本』での、子規の俳句革新の論説は、そうした教養的硬派の「新聞」が、まだ「新聞」として生きられた時代に展開された、新世代向けの一種の「文化運動」でもあった。

「月並」への攻撃

さて、無名の俳論家子規のデビュー戦に必要な標的は、当時流行の「月並」俳句であった。その批判の核は、それらの句が「俗調」であるとされる点にあった。

余の木皆手持無沙汰や花盛り　芹舎

桜以外の木を「手持無沙汰」とする「拙劣なる擬人法」で、満開の桜と花見の華やかさを安易な理屈で詠む方法が、「月並」としてまず槍玉に挙がっている。「俗宗匠」から前もって出される題に俳句を詠み、景品を争う、俳句への俗な態度も、「月並」として批判している。後に子規は『松蘿玉液』

（明治二十九年）で、無学な下層階級は、自分達新派俳句の対象ではない、たとえ俳句が平民的文学であったとしても、そういう無教養な階層に俳句をとどめては置かない、と発言している。子規のねらいは俳句の身分を上げることだった。

子規の俳論は、明治の新教育を受けた新しい「国民」のための、「文学」として俳句はあるべきであるという、明確な目標があり、そのために「旧派」の「月並」俳諧は標的とされていたわけである。俳句史において、「旧派」「新派」の別が言われるようになるのは、明治二十八年である。子規一派に加え、尾崎紅葉・角田竹冷ら秋声会も登場することで、俳句界の「新しい波」が喧伝されていくのだが、俳論家子規の登場はその先鞭をつけるものだった。

新聞『日本』の子規の俳論に刺激を受けた人は数多いが、群馬県高崎の村上鬼城が特筆すべきである。のちに虚子門の俳人として一家をなすこの人物は、軍人を当初目指しながら、耳の病で挫折、父の仕事である司法代書人を引き継ぐ。その折、『獺祭書屋俳話』に引き込まれ、子規に俳句を送り批評を乞うた（『ホトトギス』明治三十五年十月号）。司法関係の仕事は、明治の新教育世代の業種であり、こうした読者を抱える新聞『日本』の文化活動が、新俳句の種を撒いていったのである。

俳句・短歌改良の原構想

こうした子規の俳論展開の戦略は、「俳句分類」の作業によって裏付けられた客観的なものであったこともあるが、俳句だけを見て考えられたものでもなかった。

『獺祭書屋俳話』の連載も終わる、この年の十月、子規は帝国大学退学後の就職を陸羯南に依頼する一方、「我邦に短篇韻文の起りし所以《ゆえん》を論ず」という論文を、『早稲田文学』に発表した。この文章には、子規が小説断念後、俳句革新に残りの人生を賭けていく上での、彼の見通しと戦略が読み取れる。

子規によれば、日本で短歌のような短詩のみが栄えたのは、日本が島国で孤立したことで、国の安全を脅かされることもなく、貴族たちの社交の道具としては、短詩がそれに適した形式であったことと、日本の自然が美しく、これに題材をとればそれで充分に詩となったことの二つの地政学的条件によるものだ、という。

子規は、日本を「美術（芸術）国」とする説が、一般に流布していることから説き起こすが、「美術国」とは明治二十年代の文教政策のキー・ワードであった。近代国家形成期のこの時期、文学・芸術もそれに見合ったものとすべきとして議論されるうえで、「美術国」はそれを象徴する言葉であり、その内実が問われたのであった。歌舞伎の改良を目論んだ演劇改良会しかり、フェノロサや岡倉天心の日本美術改良しかりである。文学では改良の主役に躍り出ていた小説のステージに登ることを諦めた子規は、日本の韻文の短さに目を付けたのである。

子規は続けていう。短歌の古さは、使用言語が古典的雅語に限定されてしまっている点にある。それに比べて、江戸時代に勃興した俳句俳諧は、使用言語も俗語に及び、「意匠」（詠み方）も新しく、一般の者を文学の制作者に呼び込む契機となった。この俳句をまず正面から考えることこそ、日本の韻文の未来を占うものだ、と結んでいる。

子規の狙いは、まず日本の風土・自然に注目した点にある。これは、陸羯南とも提携関係にあった志賀重昂《しげたか》の『日本風景論』（明治二十七年）と同じ問題意識と関心があったことを物語る。志賀は俳句のことを「一般平民の間に」、日本独自の風景の美を「啓発」するものとして有用である、としていた。

こうした「一般平民」への上からの目線の啓蒙的論説は、子規の基礎教養でもあった漢文の訓読体で書かれており、陸羯南や子規の論説の、視点や文体とも重なる。彼らが旧「士族」意識に裏打ちされた漢文世界の教養の持ち主であった点も共通しており、子規がなぜ俳句を選び、自然の詠み方を問題にしたのかは、ここにその秘密があったのである。

子規の目指す新俳句による「国民」の情操の改良は、「平民」の俗的無教養から、品格のあるそれへの「啓蒙」なのであった。また、子規の論文からは、俳句の改良の先に、「旧派」の、そして日本韻文の本丸である短歌の問題があったことを、既にうかがわせるものがある。まず、手始めは俳句、その次に短歌というステップは、その実行まで意識していたかはともかく、理論としては明確に意識されていたことになる。子規には、大きな見取り図からの戦略が、明確にあったのである。

退学、日本新聞社社員へ

明治二十五年十一月、子規は松山の家を引き払い、母と妹律を東京に呼び寄せた。漱石が証言しているように（「正岡子規」）、子規の学費や生活費は、松山の佐伯家が管理していた、正岡家の士分廃止の折の藩からの下賜金で賄われていたが、それも尽きかかっていたのである（明治二十五年一月二十日、佐伯政直子規宛書簡）。

家は根岸の陸羯南の家の隣りである。十二月一日に、子規は日本新聞社に入社した。俳句・短歌革新の方向性は見えていた。後は、実作でそれをどう具現化してみせるか、であった。

第四章　芭蕉忌や我に派もなく伝もなし
――俳人「子規」の誕生（一八九三～九五）

1　新しい俳友からの刺激

本章では、明治二十六年から二十八年にかけて、俳人として子規が名を挙げる一方で、日清戦争への従軍など無理がたたって、寝たきりになってしまうまでを扱う。この間、あしかけ三年の短さであるが、俳人子規の名声は日の出の勢いで広まるのに反比例するかのように、彼の人生は暗転してゆく。

新聞『日本』の社員として

さて、明治二十六年、新聞『日本』の社員として仕事を本格化する子規は、まずこの新聞の俳句欄の創設を二月に行う。編集主任の古島一雄と相談のうえであった（『古島一雄清談』）。これが、子規派の出発点となる。

近代的句会の誕生

子規は新聞『日本』の社員となって五日後の、明治二十五年十二月六日に、重要な俳人と対面を遂げている。俳書コレクターであり、新俳句に大きな影響を与えた伊藤松宇である。信州上田出身の松宇は、この前年の明治二十四年に俳諧結社椎の友社を結成していた。彼は、子規の『獺祭書屋俳話』を既に読んでいた。

二人の仲を取り持ったのは、子規の恩師で、一高教授であった高津鍬三郎《くわさぶろう》であった。高津は、明治二十三年、歴史学者の三上参次と『日本文学史』を執筆し、「俳諧・俳文・俳句」の項を執筆している。松宇は高津を通じて、子規に百句を送り批評を乞うた。子規は、そのほとんどに丁寧な批評を、対面する二ケ月前の明治二十五年十月に送っている。句は月並だという批判は忘れなかったが。

さて対面かなって三日後に子規から松宇に出された手紙によれば、子規は松宇から俳諧の「珍書数部」を借りた上、椎の友社の句会にも誘われ、早速参加の意志を示した。この翌日十日には、浜町の松宇宅で催された句会に参加しており、やがて常磐会宿舎の舎監で、子規の影響から俳句を始めた内藤鳴雪も参加するようになる。

椎の友社の句会は「運座」と言って、会員相互が提出された句を選びあい講評する「民主的」なもので、月並旧派が宗匠の選を絶対視したのとは対照的な方法を採用していた。旧派は、月例で行われる句合《くあわせ》で、左右に分かれた俳句を同じ題で詠んで競い、判定は宗匠一人が行っていたのである。子規は松宇らの方式に大変共感し、これを取り入れるが、これが現在でも行われている句会の源流となる。

この「運座」の方式は、さかのぼれば蕪村の句会に確認できるものだが、子規らが松宇に出会うまでは、出された題に一分以内で速さを競って詠む「競《せ》り吟」と、季語以外の題で一年十二ケ月分十二句を詠む「十二ケ月」という方法を採るのみであった。

句の良し悪しを巡って、意見を交換する「運座」は、書生仲間が集って行う子規らにとって、権威的でなく受け入れやすかったのである。

明治二十六年三月には、子規と椎の友社のメンバーが、雑誌『俳諧』を立ち上げるに至る。古俳書の紹介や古句の選に、子規らの俳句を載せる構成だったが、俳書の紹介は、コレクター松宇の存在が大きいし、古句選は「俳句分類」に熱中していた子規の得意とするところだった。残念ながら、二号であえなく廃刊となっている。

伊藤松宇（『松宇家集』口絵）
（国立国会図書館蔵）

芭蕉二百回忌

明治二十六年は、俳句史上重要な年でもあった。この年は芭蕉二百回忌の年だったのである。十月十二日の芭蕉忌日をめがけ、旧派の宗匠は各地で、イベントを行った。各種の芭蕉法要とそれに関連した俳諧を詠む行事、あるいは芭蕉を偲んだ旅の企画、追善集の出版、句碑の建立と、あの手この手の盛況ぶりであった。

別の角度から見れば、芭蕉二百回忌は、旧派俳人にとって最大のビジネス・チャンスでもあった。芭蕉を神と崇め、それにちなんだ一連の行事・出版は、派の拡大や投句料の増大など、旧派の宗匠達にとって収入源でもあった。

外ならぬ子規も、この年の夏、芭蕉の旅に出ている。『おくのほそ道』の道筋に沿って各地の宗匠を訪ね、俳句への理解を深めようとした。旧派の大物の一人三森幹雄の紹介状を携え、東北各地の宗匠のもとを訪ねるものの、話はかみ合わず、年若い子規は軽く見られてしまった。早々にこれを切り上げると、十一月には「芭蕉雑談」を新聞『日本』に発表し、芭蕉崇拝をしながら、芭蕉句のすべてを盲信している宗匠連を全面的に否定した。

ただし、子規は芭蕉への尊敬を失っていたわけではない。上野養寿院で芭蕉追善の句会を行い、藤井紫影（帝国大学の後輩、後京都帝国大学の国文学教授）・高浜虚子・河東碧梧桐・内藤鳴雪・藤野古白、そして松宇らが参加した。

最近、伊藤松宇の旧蔵書が新たに京都歴彩館に寄贈されたが、松宇が芭蕉二百回忌にちなんで編纂した『しぐれ記念《がたみ》』も含まれ、子規は序を寄せ、句も送った。この撰集は、芭蕉に始まり、江戸から明治まで、「時雨」を詠んだ句を集成したものである。

「時雨」という季語は、芭蕉と切っても切れない。時雨の季節に亡くなったこともあるが、「世にふるもさらに宗祇のやどり哉」（『虚栗《みなしぐり》』）が、芭蕉像とともに流布することで、旅の俳人、「わび」「さび」を詠んだ俳人という芭蕉のイメージと合致し、芭蕉へのオマージュを詠むのが、芭蕉百回忌の蕪村の頃から定着していたのである。

ここに子規が寄せた序文は、芭蕉を敬愛しつつも、その亜流に落ちてしまった目の前の宗匠への攻撃を、「俳句分類」を通じて得た俳句史観を踏まえて披露している。連歌が始まって三百年、停滞していたところに、芭蕉が登場し、「幽玄の趣を探り、高雅の奥に遊」んで、日本の風土は、わずか十年で言葉の芸術として昇華されたが、終に魂を枯野のしぐれに残して、亡くなってからは、また俳句は停滞・衰滅の域に陥った。二百回記忌を記念に、篤学の伊藤松宇が、時雨の句を集めることになったが、ここに俳句の文学としての再起の気運は高まり、俗宗匠は「しぐれよ（滅んでしまえ）」、滅ぶものは自ずから滅び、その中で残る者があるだろう、と結んでいる。

芭蕉二百回忌は、子規の旧派への完全な戦闘宣言を導き出すことになったのである。

2　俳論家「子規」

連句否定

新聞『日本』に連載された「芭蕉雑談」の中には、後に大変影響力を持った発言がある。十二月二十二日発表の「或問」の、「発句は文学なり、連俳は文学に非ず」という一節である。発句（最初の句）の「五七五」に、他者が「七七」をつけ、また「五七五」を付けてゆく連句・俳諧は、文学的要素もないではないが、それ以外の要素が多いというのである。

子規によれば、それは「変化」である、という。連句は複数の作者が、前に詠まれた句から当意即妙に句を付けて千変万化していくところに、妙味がある。この予測不可能な部分が、作者個人の責任において完結し、秩序と統一を求める子規の文学観と相容れなかった。

この「変化」も一つの「趣味」ではあるが、それは「感情よりも知識に属する」点がいけない、という。連句は複数の詠み手が参加する高度なしりとり遊びであり、だからこそそこにルールが必要となる。同字・同類の言葉が間近に詠まれることを問題視し、発句では季語・切字を入れ、花や月を詠まねばならない場所も定められる。この不自由さえ守れば、後は自由なのであって、無原則でないから自由を楽しめるのが、連句であった。しかし、このルールは、子規によれば一種の「知識」に過ぎないのであって、この集団内の「知識」をこそ子規は問題視したのである。

江戸俳諧は、俳句と呼ばれないように、この複数の作者による連句・俳諧が中心で、発句（俳句）を独立して制作・鑑賞するだけでは、俳句の指導者として一人前とは考えられなかった。子規のこの発言は、二重の意味があった。ひとつは、当時の連句中心の俳諧宗匠そのものを否定してかかることになる。そして、それは同時に、俳句の歴史を変えた。当時も子規の発言には批判も反発もあったが、長い目でみて、俳句は独立していき、俳諧はマイナーな存在となっていく。もう俳句の歴史は、子規以前に戻ることはなかったのである。

「印象」「連想」への着目

子規の「知識」否定は、後で述べる、俳句革新の中核でもあり、短歌革新においてもそれは重要な拠り所となったので、問題は連句にとどまらない、子規の改革理論の核心であった。こうした斬新な文学観の発想の原点の一つには、子規が帝国大学在学中に学んだ心理学の理論があった。

講義にあまり出なかった子規だが、明治二十五年の正月、漱石からノートまで買い与えられて出たのが、元良《もとら》勇次郎の「精神物理学」の授業であった。元良は、日本で最初の心理学者である。子規がこの授業にいかに関心を持ったかは、子規にしては珍しく百五十頁におよぶノートの分量が雄弁に物語っている。

心理学は現在もそうであるが、人間の知覚の中で特に視覚とそこから得た経験を重視する。現代の用語に直せば、感情とともに記憶に植えつけられる「イメージ」とほぼ同義と言ってよいが、元良の授業では、それは「絵画的」記憶と位置付けられ、「イメージ」は「印象」と銘打たれた。

明治二十五年七月には、子規は「連想」の語を使いだす（『獺祭書屋俳話』「女流と俳句」）。そして、『芭蕉雑談』では、有名な芭蕉の「古池や蛙飛び込む水の音」を、聴覚の刺激によるこの句は、先の心理学に言う視覚の記憶に劣るという理論から言って、「知覚神経の報告」に過ぎないと否定するのである。

この後、子規は、この視覚優位の心理学理論を基礎に、「印象明瞭」な句を自らも作ろうとし、その観点から俳句を評価した。また、人間の、特に視覚の記憶を刺激する「連想」の力をキー・ワードとして、自らの俳句理論を展開してゆくのである。この時、絵画的な俳人と子規の眼には映った蕪村の存在が、クローズ・アップされてくる（青木亮人『近代俳句の諸相』）。

蕪村の「発見」

旧派から俳句の神様として偶像化された芭蕉を半ば批判するだけでは、子規とその一派の俳句の特色は出てこない。そこで蕪村の存在が俄かに注目を浴びることになる。

明治二十六年ごろには、絵師としてしか評価されていなかった蕪村に、子規らが注目するようになる。おそらく「俳句分類」の過程で、江戸俳諧を通覧してゆくに従って、江戸中期の蕪村とその周辺の俳諧の、芭蕉とは異なる達成を嗅ぎつけたのであろうが（明治二十五年十月九日、伊藤松宇宛書簡）、伊藤松宇の椎の友社での議論も、蕪村に注目する点では意見の一致を見たという（内藤鳴雪『俳句のちか道』）。

蕪村没後に刊行された『蕪村句集』上下二巻の行方が、子規派の中で関心を呼び、懸賞まで出して探索するうち、写本や上巻のみが発見され、ついに内藤鳴雪が上下二巻揃いを発見するに及んで、子規派内ではこれが書写され、蕪村を真似た句を詠み始める。

例えば、有名な、

菜の花や月は東に日は西に

に象徴的なように、蕪村は「に」止めの句を多く詠んだが、子規の「に」止めの句を調べてみると、明治二十八、九年にそれぞれ十一例と突出して多く、他の年はほぼ三句以内という結果が確認できる。

子規と尾崎紅葉を俳壇の新風として紹介した岡野知十は、子規の句風を「蕪村調」と見なすことは、俳壇に等しくあった見方で、これはいい意味でも悪い意味でもあった、と証言している（岡野知十「俳諧風聞記」）。

子規たちが、蕪村を深く理解するようになるのは、もっと後のことである。明治三十二年に公にされた『俳人蕪村』と、雑誌『ホトトギス』のメイン企画である「蕪村句集講義」（明治三十一〜六年）まで待たねばならない。

文体への着目

この時期の子規派と旧派の分かれ目は、蕪村の句調への注目にあった。既に、旧派の頭目の一人三森幹雄は、子規よりさかのぼる、明治二十三年には蕪村を「中興名家」と評価していた（『諧矯風雑誌』）が、子規らは、句調が引き締まった蕪村句を模倣することで、旧派との違いを明らかにしようとしたのである。漢詩風の「べく」で一句を終えたりする表面的な文体の模倣も多いが、それは師のいない子規たちが、古典句の文体の模倣を学習のステップとしたからである。そうした試行錯誤の中で、効果的な文体も見いだされてくる。

子規によれば、旧派の句は散文的で俗受けしやすい。そうならないところを子規達は、蕪村に学んだ。

海の上に初雪白し大鳥居　子規（明治二十七年）
叢《くさむら》に鬼灯《ほおづき》青き空家かな　同（明治二十八年）
春風にこぼれて赤し歯磨粉　同（明治二十九年）
尼寺や善き蚊帳垂るる宵月夜　蕪村
緑子の頭巾眉深きいとおしみ　同

里ふりて江の鳥白し冬木立　同

いずれも中七に印象的な色を配している。俳句では本来形容詞は、省略することで効果が出るものであるが、これも蕪村に学んだものである。ただ色の形容詞を使うだけでなく、中七に配することで、句の調べは引き締まり、印象が明瞭となってくるのである。

これに比べて、旧派の場合、

雞《にわとり》の親子涼しや麻の中　蒼虬

のように形容詞に不用意に「や」を入れて強調したつもりが、調べが間延びしてしまっていたのである。

3　「写生」への開眼

中村不折

蕪村受容にも見える印象明瞭な子規の俳句には、「写生」という絵画からヒントを得た詠法の問題もある。写生理論に重要な役割を果たしたのは、洋画家で書道家でもある中村不折である。二人が出会ったのは、明治二十七年三月のことであった。子規は、前月から創刊の

『小日本』の編集長となっており、画家を求めていた。当時の特に文芸雑誌・新聞は、表紙や挿絵が重要な位置を占めていた。画家の人選は、成功の鍵を握っていたのである。

不折を紹介したのは、陸羯南の友人だった浅井忠である。中村不折と浅井忠は、後に子規派の牙城となる雑誌『ホトトギス』の主たる画家となるのだから、ことは単なる出会いの問題だけで済まない。子規が目指した美の世界とその方法論に、彼らは多大な影響を与え、子規派と提携してそれを世にアピールしていったのである。

不折は、慶応二年（一八六六）生まれだから、子規の一つ年上の同世代である。江戸八丁堀に生まれ、父母の生地である信濃高遠で育ち、東京に出て小山正太郎に入門した。水彩・油彩の双方で売り出しの画家ではあったが、明治二十六年、黒田清輝がフランスから帰国して白馬会を結成すると、師の小山は「旧派」として傍流に追いやられていく。

薩摩出身の黒田に対し、佐幕藩長岡出身の小山や佐倉出身の浅井の人脈に連なるこのグループと、同様に維新の負け組である津軽出身の陸羯南や松山出身の子規らとは親和性があったと見てよい。藩閥の存在は無くなった明治時代だが、藩閥は色濃く残っていたのである。

子規は、不折の服装が書生よりお粗末ながら、つぶらな目に恐ろし気な顔つきで、その筆力の「勁《けい》健《けん》」なことに、いっぺんで気に入ってしまった（『墨汁一滴』）。

子規は新たに同僚となった、この少々偏屈で耳が遠く、貧乏だが自信家の少壮画家の淡路町の下宿を、ほど近い『小日本』の社屋からの帰りがけに寄っては、その画談を聞くのを楽しみにするようになる。子規が漢学のたしなみから、漢画を愛したことは第一章で触れた。そこで洋画への不満を不折にぶつけると、反撃をしてきた。この対論の中身は資料がないので具体的に追うことは難しいが、ともかく子規が、不折との議論を糧に俳句の「写生」に目覚めていったことは間違いない。

この問題は後で詳しく述べることになるが、子規風の俳句が形成されていくこの時期において重要なのは、不折が俳句の「配列」に注目している点である。

やや遅れて明治三十年二月の『ほととぎす』二号で、子規は、自然界の多くの材料から、「美を撰び出だし」無秩序で不規則な状況から、規則的にこれを配列することこそ「俳人の手柄」だと言っており（「俳諧反故籠」）、それは不折自身の写生論（『鉛筆画法』）と通じるところがあった。漫然とスケッチをして、形を再現していくことにとどまらず、自分が自然界から美しいと思ったものを拾って、再構成していくのである。

子規も、旧派への攻撃や蕪村調の模倣を経て、明治二十九年には「選択」と「修飾」が俳句の核心であると明言するようになる（「明治二十九年の俳句界」）。

子規風の形成

『小日本』の文芸雑誌的性格は、文芸批評の森鷗外、小説に斎藤緑雨や硯友社系の江見水蔭、短歌革新の先駆けとなった落合直文や金子薫園を迎え、同郷であった五百木《いおぎ》飄亭《ひょうてい》や高浜虚子も手伝い、内藤鳴雪・藤野古白・藤井紫影・中川四明ら子規派の人々も書いた。しかし、『小日本』は発行停止の処分を受ける。原因は、本体の新聞『日本』が条約改正問題で第二次伊藤内閣を攻撃し、日清戦争を前に朝鮮での情勢が緊迫化したことをリポートした余波であり、結果資金難で潰れたのである。こうしてゆくゆくは子規派の牙城を目論んだ『小日本』は明治二十七年の七月に廃刊となってしまう。子規は悔しさを抱きながら、後に『ホトトギス』を不退転の決意で刊行してゆくことになる。

暇になった子規は晩秋から初冬にかけて、根岸の郊外を散歩するようになる。この経験が、子規にとって「写生」の妙味を体得させることとなる（「獺祭書屋俳句帖抄上巻を出版するに就きて思ひつきたる所をいふ」）。

例えば、この時期の「白」を詠んだ句を見てみよう。

色鳥や頰の白きは頰白か
鳥はらはらどれが頰赤やら目白やら
鳥はらはらどれが目白やら頰赤やら
杉の奥に白雲起る紅葉哉
水青く石白く兩岸の紅葉哉
海見えて尾花が末の白帆かな
白帆見ゆや黍《きび》のうしろの角田川《すみだがわ》
高黍の上に短き白帆かな
白菊の老いて赤らむわりなさよ

白菊や闇をこぼれて庭の隅

草むらや名も知らぬ花の白き咲く

全て明治二十七年の句である。秋季に「白」を詠んだ句は、全て色の対照を意図して「配列」されている。また、その対比には、「杉の奥」と「白雲」、「白帆」と「黍」など遠近の対比もまま見られる。「白」の句に限らず、子規のこの時期の句には、意図的に色や距離の対比をしたものがまま見られる（井上泰至『子規の内なる江戸』）。

単なる写生ではなく、色の対比や遠近法を意識した子規の写生の実験は、やがて彼の代表作と目される句の前提となっていく。ここに不折との議論からの刺激をうかがわせるものがあるが、この完成した形は、後に詳しく述べることとなる。

4　日清戦争への従軍

新聞の戦争報道

明治二十七年は、日本の岐路となる大事件が起こる。八月開戦となった日清戦争である。朝鮮半島を安全保障上の「利益線」と考えていた日本政府は、東学党の乱による日清両国の朝鮮への派兵を契機に、この国の帰属について決着を付けようとした。また、沖縄の帰属の問題についても、火種は両国の間に残っており、下関条約の締結時まで、台湾への出兵は継続されたので、この戦争は、一面台湾獲得戦争でもあった。

国民に国家を実感させるのは、戦争である。不幸なことだが、メディアが、戦争報道によって伸長してきた歴史は無視できない。新聞は、当然この戦争の報道に力を入れ、連戦連勝が続いたことで、紙面はこれに多くを費やすこととなる。新聞『日本』でも俳句欄は狭められ、記者の多くは大本営のある広島から、戦地へと向かい、文芸記者である子規も政治報道を担当するようになる。

子規の同僚で松山出身の俳句仲間であった五百木飄亭は、元々医術を学び、陸軍看護長として、青山の近衛連隊に入営した経験があった。日清開戦を受けて、主力の一つであった広島の第五師団にしたがって出征し、「犬骨坊」の筆名で従軍日記を新聞『日本』に一年間連載し、好評を博した。

病の身に敢えて

病身ながら、好奇心の強い子規も、中村不折と組んで従軍記者に応募することにした。当然周囲は反対する。飄亭も子規の希望を知るや、戦地の衛生は到底病身の子規を許すような状況ではないこと、戦地の恐るべきは砲弾よりも病魔の襲来にあること、一度戦地に病めば所詮十分の療養なりがたきことなどをつぶさに述べた返簡を送り、断固これを止めたという（柴田宵曲『子規居士』）。

ところが、戦局も終盤となった明治二十八年二月、近衛師団付記者に採用されることとなる。同月二十六日付の飄亭宛ての手紙で、子規はこの時の喜びを手放しで述べている。

皆に止められ候へども雄飛の心抑え難く、終《つい》に出発と定り候。生来稀有之快事に御座候。小生今迄にて尤も嬉しきもの、初めて東京へ出発と定まりし時、初めて従軍と定まりし時の二度に候。此上に猶《なお》望むべき二事あり候。洋行と定まりし時、意中の人を得し時の喜び如何《いか》ならむ、前者あるいは望むべし、後者は全く望みなし。遺憾々々、非風をして聞かしめばこれを何とか言はん。呵々《かか》。

上京の時と同じ人生最大の喜びである、というところに、子規の稚気に溢れた好奇心と功名心を見て取れるが、子規の体がそれについていかないことは、誰もが予想することであった。注目すべきは手紙の後段で、欲の深い子規は、なお人生の望みと言えば、西洋に行くことと、意中の女性と結婚することであると漏らしている。しかし、後者については自分の病気の性質から言って絶望的だが、洋行はあるいはまだ望みがある。同じ肺結核になり、自暴自棄となって遊女上がりの女と暮らしている友人の新海非風に、この話を聞かせたら何と言うだろうかと笑ってみせている。

子規の無邪気なほどの大欲は果てしなく、女性を得られなくても、自分には大望があるのだと豪傑気取りなのである。比喩的な意味で「走り」ながら、仕事を成していく、子規の前のめりの本質がここには露わになっている。

松山に一旦帰郷した子規は墓参をして、送別会に出席、近衛師団の副官であった旧主久松定謨から脇差を拝領し、記念写真を撮っている（3頁参照）。朝敵となった旧松山藩士が、その意識を残しながら、明治新政府の戦争に勇躍して参加するというのは、どういう意識だったのか。今日では捉えがたくなっているが、当時の歌舞伎には、戊辰戦争で朝敵となった旧旗本や会津藩士が、日清戦争に参加

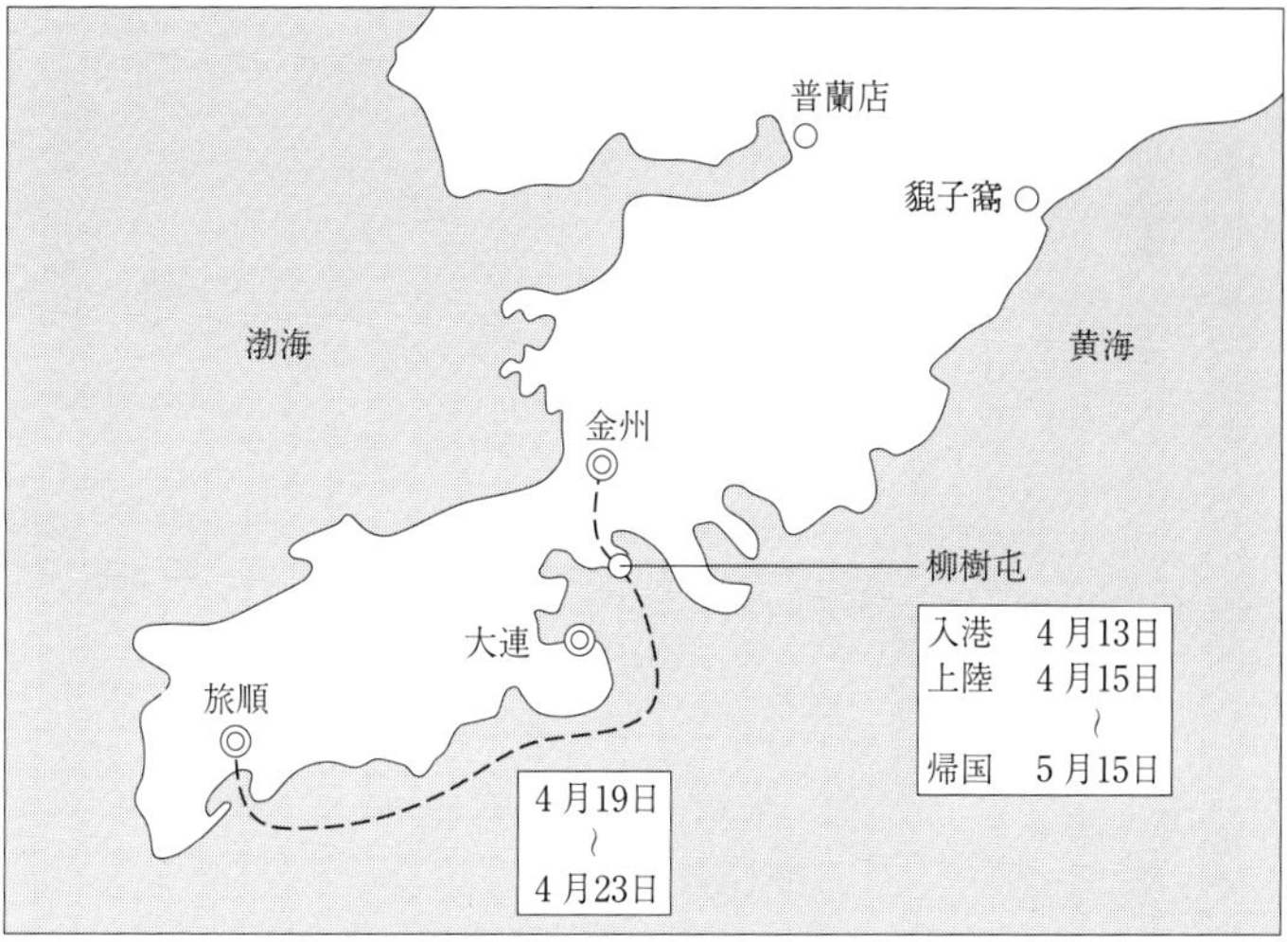

日清戦争従軍の足跡（池内央『子規・遼東半島の三三日』）

することで「朝敵」の汚名を張らすといった内容のものがある。明治の国民意識には、民主的である前に、天皇のもとに「平等」に国民になったという感覚があったのであり、「公」とは民主的な「公共」というだけでなく、疑似家族共同体としての「おおやけ（語源は大きな家）」の一員という意識が潜在していたと推察できるのである。

都城の金州・軍港の旅順

子規を乗せた海城丸が、広島の宇品港を出て、遼東半島の柳樹屯に入港したのは、既に下関条約の講和交渉に入っている時期であった。四月十三日とは言っても、

から山に春風吹けば日のもとの冬の半《なかば》に似たる頃哉

という寒さであった。子規は『陣中日記』という形で、記者としての仕事である紀行文を残している。十五日は遼東第一の都市である金州城に入る。中国の町は伝統的に都城と言って、外壁に守られ、高い門を通って市内に入る。陸羯南の友人で、後に子規たちが出す雑誌『ホトトギス』に絵や文章を寄せた洋画家の浅井忠も、この金州城門を描いて、そこに日本軍の姿を点描し、戦勝を印象付けている。子規の投宿初日は興味深い。上陸第一夜、部屋割の関係で誰か一人見知らぬ中国人と同部屋にならねばならなくなると、子規は自らそれを買って出たらしい（「我が病」）。休戦状態にあるとは言え、戦地での敵国人との同宿にはちょっとした覚悟がいる。子規は記者仲間でもルールを作って、皆にそれを守らせたという（中村不折「追懐断片」『日本及日本人』昭和九年九月号）。リーダーを買って出る子規らしい覇気である。十九日から五日間は、要塞の町旅順を訪ねた。

砲台の舳《へさき》にかすむ港かな

砲台を見物した後、子供芝居を観て、金州に帰った。

戦場の写生

二十五日、三崎山の山頂で通訳官として殉職した三名の墓碑を訪ねた。そこで子規はここかしこに紫の菫《すみれ》が咲く草むらに人骨を発見した。

なき人のむくろを隠せ春の草

おそらく敗れた清国兵の遺体であろう。もはや戦争が終わって、物見に近かった子規の「従軍」で、唯一戦地の生々しさが突きつけられた時である。春の草は夏草と違って、まだ生い茂らない。それに禿山が多いと既に紹介されている乾燥した遼東の景観である。

のどかで可憐な菫が一面に咲く中、新体詩「髑髏」では詠んでいた菫をあえて詠まず、「春の草」としたのである。「むくろを隠せ」と悼む表現から、自ずと読むものは、まだ生え始めたばかりの草一面を連想しよう。若草は古来萌え出るものであり、摘むものであった。食用に供するものも多く、何より生命力とそれを示す若々しい「緑（青）」が印象的である。

風わたり泥もかわきて春の草　　嵐雪
わが帰る路いく筋ぞ春の草　　蕪村

これまで子規が意図的に詠んできた色の対照が、ここでも使われているが、それだけでなく「春の草」で一面の情景を描くことで、有名な『おくのほそ道』の、

夏草や兵どもが夢のあと　　芭蕉

森鷗外（国立国会図書館蔵）

も浮かんでくる。子規の芭蕉を真似た紀行文の修練と、色の対比の実験が、戦地で最も印象的なこの場面を、ありありと描くことに成功させた。写生は、ただありのままを詠めばいいのではない。死を象徴する白骨と、生命力の象徴である若緑の春の草を対比することで、かえって戦場の空間を客観的に連想させると同時に、勝者である日本人の墓と、敗者である清国兵の「野ざらし」の対比をも、紀行文から浮かび上がらせ、戦場を一枚の絵としたのであった。

鷗外との交流

子規の文学活動の上で、従軍において重要なのは、森鷗外との出会いである。五月四日と十日の二回であることは確認でき、鷗外の『徂征日記』によれば最初は俳句について語り、二回目は子規が別れを告げに来て、蕪村の弟子高井几董の俳諧を写したものを手土産にしていた、という。また、子規によれば、来訪はこれだけに留まらず、帰国までの七日間の毎日に及んだという（『病床日誌』）。

陸軍の軍医高官として従軍している鷗外だが、文学の世界では、明治二十二年から、演劇や詩の翻訳を発表、特に『国民之友』に出した訳詩集「於《お》母《も》影《かげ》」は、日本近代詩の形成に大きな影響を与えた。さらには文芸雑誌『しがらみ草紙』を創刊し、翻訳・評論による啓蒙活動を行う一方、「舞姫」に始まる初期三部作の小説も発表し、『しがらみ草紙』上で坪内逍遙の写実主義を批判して没理想論争を繰り広げ、名前が知られていたのである。

鷗外の生前を知る柳田国男は、昭和十五年十二月の『俳句研究』で、遼東での収穫は子規と懇意になったことだと言っていたことを証言している。後に鷗外は明治二十九年一月三日、子規庵の句会に参加、そこには漱石も顔を出していた。この何とも豪華な顔合わせの句会だが、鷗外はこれから立ち上げる雑誌『めさまし草』の投句を依頼、句会に同席した高浜虚子は、その後も鷗外のところへ手伝いに行っている。子規も『松蘿玉液』で、鷗外に風当たりの強い文壇に対して、鷗外の学問の深さを指摘して擁護している。

大喀血

五月十五日、一ケ月余りの遼東経験を終えて、子規は佐渡国丸で、清国を出た。二日後の十七日朝、鱶《ふか》が船に寄って泳いでるのを甲板から見ている時、喀血が始まった。『陣中日記』には「此の時病起れり」とだけ書きとどめているが、子規にとっては衝撃であったろう。さらに病状に追い打ちをかける事態が起こる。

喀血した翌日の十八日、下関には着くものの、軍夫の一人がコレラで亡くなったので、下船も許されず、消毒が行われ、ようやく二十三日午後、上陸が許可された。左手の刀を杖代わりに、肩には鞄、右手に重い行李を提げて、歩くたびに血を吐くありさまで、容体を人に話して担架で運んでもらい、神戸病院にたどり着く。記者仲間の手配であったという。

日清戦争は、勝つには勝ったが、日本軍の補給・装備・医療体制の不備をあらわにした。その中で無理をし、またそれを強いられた子規の体は、ついに悲鳴を上げてしまった。人生の中で指折るほどの感激をして強行した従軍だったが、結果として子規の余命をさらに縮めたことは間違いない。

第五章　いくたびも雪の深さを尋ねけり
――俳句の名声と病（一八九五～九六）

1　最後の松山

本章では、従軍後病が重くなり、歩行が困難となる明治二十九年暮れまでを扱う。子規畢生の俳論『俳諧大要』を書き、子規風の俳句も確立し、俳人として一つのピークを迎えると同時に、病に臥して自分の余命がそう長くないことを否応なしに知らされる、いわばターニング・ポイントの時期である。

須磨での病臥

神戸病院での環境は、戦地や徴用船の苛酷な環境に比べれば、快適であった。しかし、喀血は続く。ちょうど神戸師範学校の教師をしていた碧梧桐の兄、鍛（黄塔）が子規を見舞い、家族や陸羯南、親類や弟子らに連絡をしている。ついで、京都の内国博覧会を見物に来ていた虚子が、子規を懇切に介抱する。これは日本新聞社の依頼でもあった。六月初旬には容体も安定し、食もすすむようになった。

七月下旬には須磨の保養院で転地療養となった。須磨は古来、白砂青松の景勝地である。子規は、ここで自分の余命の短さをようやく覚悟するに至る。この須磨の地で一種の透明な気分を得るようになったのである。

人も無し木陰の椅子の散松葉
夏山の病院高し松の中
涼しさを足に砕けて須磨の波
暁や白帆過ぎ行く蚊帳の外

短い俳句では、風光明媚な須磨の自然が、子規を心身共に癒していくことが見えてくるが、コップ一杯の血を吐き続けた今回の大喀血の経験は、子規の心境に変化をもたらす。
漢詩「正岡行《こう》」では、母には親孝行もできず、離縁された妹律は家事を助け、自分は妻もなく子もないと嘆く。

生れて家を興さず系譜を絶つ
死して何の面目あってか父祖に見《まみ》えん
一《いっ》に任す世人の吾を呼んで狷狂《けんきょう》と為すに

只だ期す青史に長《とこし》えに姓の正岡《まさおか》を記さんことを

「狷狂」とは、世間と異なった変わり者、ひねくれ者のことを言うが、「狂」は間違った世間を早くに正す「志」を託す場合にも使う、自己規定の言葉である。今日と違って子孫と家名を残すことは、男子、特に武家の使命であった。その片方がもはや子規には望むべくもない以上、「青史」、すなわち歴史に、正岡の名を残すことが、死にぞこないの自分の最後の使命だというのである。この詩は初め、松山にいる叔父の佐伯政直に宛てた書簡の中で披露された（八月七日付）。

加藤国安が指摘するように、子規が南宋の軍人であり、政治家であった文天祥の「六歌」を意識していたのならば、これは明治維新の志士の精神に連なるものであったことがわかる。モンゴルに滅ぼされてゆく南宋の抵抗勢力として活躍したこの人物は、モンゴルに寝返る要請を受けることなく、歴史に正義を残すべく死んでいった人物として、維新の志士の憧れの的であり、彼の代表作「正気歌」を真似た詩を、藤田東湖・吉田松陰、そしてやがて日露戦争で死んでゆく広瀬武夫が残している。

維新の志士は、死を賭して歴史に名を残そうとする、この「志」に支えられ、実行することで、身分を超えて真のサムライたりうると考えた。「志士」とはそういう意味である。子規は、この点、遅れて来た「維新の子」と言っていい。もちろん、子規の場合、断行すべきは、政治への奔走や、戦での活躍ではなく、文学革新という一大事業においてであった。

松山への帰郷

明治二十八年八月二十五日、須磨で小康を得た子規は、療養のため松山に帰省した。結果的にこれが彼にとって最後の松山となる。親友夏目漱石は、後に小説『坊っちゃん』でよく知られるように、この時子規の母校松山中学の英語教師として赴任していた。子規は、漱石の下宿、大街道の「愚陀仏庵」を訪れ、そこに住み込むこととなる。愚陀仏とは漱石の俳号である。この時の漱石の給料が高額だったことはよく知られているが、それは海外留学の資金作りの側面もあった（明治二十八年四月十六日、神田乃武宛書簡）。

愚陀仏庵には、虚子・碧梧桐を含む、子規を慕う地元の俳人たちが集まり、漱石は二階に退き、階下では常時句会が行われた。結果として、漱石は生涯二四〇〇句のうち、約三割を、この五十二日間の子規との同居期間に詠むこととなる。

階下で大声をあげて騒ぐ、松風会の俳句仲間に漱石が閉口し、やむを得ず句会に加わったと後に漱石は面白可笑しく語っている（「正岡子規」）が、おそらくこれは事実ではあるまい。松風会の会員であった柳原極堂は、実際には句会は病人の子規に遠慮して静かに行われ、漱石は自主的に句会に参加したことを証言している。

子規が須磨で保養している頃の書簡（五月二十六日）で、漱石は子規の「俳門」に入りたく、教えを乞うと書き残している（柳原極堂『友人子規』）のである。実際には、「愚陀仏庵」は、病気の子規を労わりつつ、子規から俳句を学ぼうという漱石によって用意されたと見た方が妥当だろう。

では、なぜ漱石は、句会がうるさくて仕方なく参加したなどと嘘をついたのか。以下は推測だが、ありのままの事情を語っては、子規の惨状をあからさまにしてしまうことを避けたのではないかと考えている。既に述べたように、帝国大学退学を決意した子規は、明治二十五年暮れ、松山の家を引き払って家族を根岸に引き取っており、松山に帰るところはなかった。漱石は子規に、友情から手を差し伸べたのだろうが、それをあからさまにしては、子規は余りに惨めすぎる。江戸っ子漱石一流の照れとそこに隠された優しさが、このような嘘を漱石につかせたものと考えておく。

愚陀仏庵（和田克司『正岡子規入門』）

　　愚陀仏は主人の名なり冬籠　　愚陀仏

「愚陀仏」とは、漱石の俳号の一つだが、ぐだぐだとうるさい男の意味合いを含む。友に手を差し伸べたことを世間に公にすることで生じる、漱石への過度な「善人」という評判、もしくは子規への惨めな窮状を隠しおおそうとする、漱石らしい神経質な含羞のなせるわざだと解しておきたい。

2　近代俳句の設計図

『俳諧大要』

松山滞在での子規にとっての最大の成果は、新聞『日本』において、明治二十八年十月から十二月にかけて連載した、子規の俳論の代表作である『俳諧大要』である。序文にあるように、松風会のメンバーに、俳句の概説と修行のステップを教えた構成となっており、実際、初心者への心得を説いた文章も残っている（「松風会九月会稿抜萃三十章」九月六日）。子規の代表作となるこの俳論は、松山の漱石の下宿を舞台になされた句会と議論の中で生まれたわけである。

子規は冒頭から宣言する。

俳句は文学の一部なり。文学は美術の一部なり。故に美の標準は文学の標準なり。文学の標準は俳句の標準なり。即ち絵画も彫刻も音楽も演劇も詩歌小説も皆同一の標準を以て論評し得べし。

ここでいう「美術」は今日でいう「芸術」の意味であるが、「美」を表す点で、全ての芸術同様、変わりないという宣言は、俳句が言語「芸術」たる「文学」とは考えられていなかった時代、革新的であったばかりでなく、ここでは複数で作られる「俳諧」が、最後に置かれた点からも画期的である。今日まで詠まれている有季定型の俳句は、全て子規の設計図から出発していると言ってよい。

次に子規は、俳句の特徴の第一として「音調」を挙げる。今風に言えば、五七五の定型を指すのだが、この短さと定型だから文学として劣っているわけではない。向き不向きの題材があるだけだ、という。複雑な事物は小説が、単純なものは短い和歌・俳句、あるいは短詩が向いている。詩の中でも、漢詩は簡樸（簡潔で素朴）、欧米の詩は精緻、和歌は優柔、俳句は軽妙な題材に向いているに過ぎないのであって、ここに先天的な優劣はないことになる。これまた俳句にとっては、画期的なことで、江戸以来の文学の序列では、漢詩・和歌に比べて、俳諧は「俗」な文学の位置に甘んじていた。この冒頭部分で見えてくるのは、俳句の市民権を確立しようという戦略であった。

季語という国民文学の遺産

しかし、俳句も他のジャンルと同様に「文学」であることを定義し、その特徴を「軽妙」としただけでは、不十分である。そこで子規の言う新俳句の設計に必要不可欠だったのが、「四季の題目」、すなわち今日でいうところの「季語」であった。なぜ「季語」は俳句に不可欠なのか。

> 四季の題目を見れば、則ち其時候の聯想を起す可《べ》し。

ポイントは「聯想」にある。もともと「五七五」に「七七」を他者が付け、さらに「五七五」を付けてゆく、共同制作の江戸俳諧は、個人の責任による独立し統一した作品世界となりえない。そこで、子規はこの俳諧（連句）を否定し、俳諧の最初の句である発句を独立させるべきとした。しかし、それは同時に、俳諧の一部分のみを取り出した極小の文学の成立を意味する。わずか十七文字で完結した文学世界を成すには、読者の連想を呼び覚ます「季語」こそが不可欠となってくるのだった。

此《この》聯想ありて始めて十七字の天地に無限の趣味を生ず。故に四季の聯想を解せざる者は、終《つい》に俳句を解せざる者なり。この聯想無き者俳句を見て浅薄なりと言ふ亦宜《またむべ》なり。

従って子規は、季語の歴史を簡潔に整理する。四季を詠むことは、遠く古代の和歌からあることではあったが、その言葉の示す範囲を限定し、それと引き換えにその言葉から生まれるイメージを深く掘り下げていくことができたのは、子規によれば俳諧の営みの中で、人工的にルール化されて出来たからであった。ここが、内容にルールを設けない西洋の詩と異なる点であった。

詩にルールを求めるということは、原理的には、作者の自由を奪い、「季語」のイメージを理解し想起できる、四季の経験を生活の中で経て来た日本「国民」共有の経験が必要となる。これが、世界から見てユニークな極小の詩が文学足りえる条件であった。「国民」文学を、俳句に照準を合わせ企図した子規のねらいがここにある。

俳句上達のステップ

教育的な子規は、次に俳句上達の過程を三期に分けて提示した。愚陀仏庵で行われたであろう俳句講義を踏まえてのものであったか。その第一期は初心者への心得を説くが、最後に「標準とすべき」句として、江戸俳諧から以下のような例を挙げる。

永き日や大仏殿の普請声　　李由
春の日の念仏ゆるき野寺かな　　尚白

変哲のない世界を、俳句の最も基本的な句形である、上五の名刺＋「や」で、下五が名詞止め、あるいは、上五が名詞＋「の」で、下五が名詞＋「かな」の形で詠んでいるものである。これは江戸俳諧を収集し、分類・整理した「俳句分類」を踏まえた例示であった。これこそ、初心者が「写生」をするのに向いた文体だというのである。色々珍しい詠み方はあるが、平易から進むのが正道だというところが、教育的な子規らしい。

続く第二期は、多作の時期である。五千から一万句も詠めば、五里霧中の段階を抜けて、自他の句評も出来、自信もついてくるという。そこで重要になってくるのは「天然（自然）」の写実であるという。そこで吟行に出て実際にモノを見ることになる。その場合、気を付けるべきは、「名所」でなく日常の景を選ぶことだ、という。子規は既に紹介したように、ありのままを写すのでなく、材料の選択を必要とすることを絵画から学んだ。「名所」には既成概念が出来上がっていて、それが邪魔をして自分の眼で見て発見をしていくことがやりにくいからである、とも言う。こうして詠まれる世界は。日常の世界から掘り起こされていく、「いやみ」のない美のそれであった。

子規が特に親炙した中国宋代の漢詩には、志を得られず、日常の美を発掘する風があったが、それがモデルになった可能性はある。いずれにしても、俳句の文学化の設計図は、ここで姿を見せてきたと言ってよいし、こうした俳句に対する見方は、有季定型においては現在でもある価値観であり、上達の基本として説かれる。

高き目標——日本文学の所在

気宇壮大な子規はここで満足しない。ここからは俳句を余技として楽しむだけでは許されない。歴史に名を残す俳人たらんとする者は、俳句に全身でぶつかり、俳句の歴史は無論、他のジャンルの文学、外国の文学、美術・歴史・建築等、隣接分野の知識を貪欲に吸収して、まだ見ぬ俳句を生産しつづけることが要求される、という。子規とて、その渦中にいることは無論だが、芭蕉がそれまでの俳諧から自分で新しい世界を切り拓いたのと同じように、一流の俳人はかくあるべし、と言いたいのである。

子規はいう。第一期は知らずに入ることができるが、第三期は自覚的でなければ難しい、と。自らを誇り他を侮り、研鑽を積まない者は、第二期を出ることはできない、とも。写実と空想を合わせた「大文学」を作り出すべきで、写実にも空想にも偏ってはならないとしたうえで、こう締めくくる。

一俳句のみ力を用うること此の如くならば則ち俳句あり、俳句あり則ち日本文学あり。

俳句を文学にしようという試みの、設計図はここにおおむね完成したことを意味する。と同時に、「極美」の文学である俳句は、まだ見ぬ理想の中にあった。「俳句あり則ち日本文学あり」という、リフレインの効いたこの締めくくりの文章は、子規のいう俳句革新に新しい作者を誘発する、檄文の口調であった。

日本の十九世紀は、「維新」の語に集約される、一大変革の時代であり、それは概ね若者による革命でもあった。十九世紀の最後に登場した子規は、その「維新」の子として、いまだに旧習の中に眠っていたと目される江戸俳諧を、近代的文学に改良するべく、その狼煙を挙げたのであった。

3　最後の旅から帰って

関西旅行

子規は、十月十七日、東京に戻るべく、愚陀仏庵を引き払う。十八日に三津浜を出航。広島・須磨を経由して、急ぐことなく、大阪・奈良を見物している。この頃からひどい腰痛に悩まされた。結核菌が腰を冒すカリエスであったが、子規はリュウマチ程度にまだ軽く考えていた。奈良では十月下旬、有名な、

法隆寺茶店に憩ひて
柿くへば鐘が鳴るなり法隆寺

の句を得ている。当日は時雨れていたらしい。

後に子規の語るところによれば（「くだもの」『ホトトギス』明治三十四年七月号）、東大寺周辺を散策、

近辺の村で柿が盛んに成っているのを実見、柿という題材は、漢詩でも和歌でも詠まれないもので、奈良との配合という意外性を感じて、宿の角定対山楼に入った。故郷松山を出て十年、絶えて柿を食べていなかった子規は、宿で柿を注文すると大きな鉢に御所柿が山盛りに運ばれてくる。十六、七歳の可愛い色白の下女が、この柿を一心に剝いてくれる。柿を食べて、うっとりしていると鐘の音が聞こえ、下女によればそれは東大寺の初夜の鐘であった。障子を開けてもらうと、宿の真上に東大寺は建っていたのである。

つまるところ、この句は東大寺でもよかったが、あえて当時は東大寺よりはるかに無名であった、法隆寺とされたのである。なぜであろうか。

子規は法隆寺では、稲田を盛んに詠んだ。柿もそうだが、北海道・沖縄を除いて、日本のどこにでもある田園の、深まる秋の気配がこの句の主眼で、それゆえにこの句は愛され続けている。そこに東大寺のような「名所」は、観光地のイメージが付与されてしまうのである。

明治は東京へと人が集まった時代である。明治十三年で百八万、二十三年で百三十九万、三十三年には百九十五万と増大の一途をたどる。故郷へのノスタルジーこそは、明治の「国民」の共通のものとなりつつあったのである。柿の甘さは、砂糖が高価であったこの時代、手頃に手に入る、懐かしい甘味であった。第一子規自身が、松山には帰るところのない、故郷喪失者である。「国民」共有の故郷のイメージを定着するものとして、東大寺よりさらに古く鄙びている法隆寺を選んだのは、そのあたりの事情があったのであろう。

道灌山事件

明治二十八年十月三十一日、東京に帰った子規であったが、腰の痛みに足を引きずる有様であった子規には、焦りの色が濃かった。十二月八日夜、子規は虚子の家までわざわざ訪ねたが、虚子はいない。須磨で看病された折、子規は既に自分の後継として虚子を選び指名しており、虚子もその時点では一応受諾していた。念の入った子規は、八月九日、須磨から手紙を出して、虚子の不勉強を指摘して、叱咤している。しかし、東京に戻っても観察するに、虚子にその自覚はないようで、勉強している様子はない。そこで寒風を衝いての虚子への叱咤のための訪問であった。

子規は明朝来るよう手紙を残し、翌朝遅くやってきた虚子を、道灌山に連れ出した。気まずい雰囲気の中、子規から学問の進捗状況を聞かれ、はかばかしくないと答える虚子に子規の口調は厳しくなる。そこでたまりかねた、まだわずか二十一歳の虚子は、「文学者にはなりたいと思っているが、名誉は欲しいとは思っていない。学問の必要は感じるが、どうしてもその気になれない。野心や名誉心を目的に学問することが好きではない」と子規の期待に添いかねる旨を告げてしまった。

怒ってはみても、理詰めの子規は、また潔さを身上としている男だった。「自分と虚子とでは目的が

高浜虚子
（公益財団法人虚子記念文学館蔵）

違うのだから、お前を責めるのは間違いだった。後継者として縛ることを以降はやめる」と、自分の意を受けてくれていたものと思っていたのがそうではなかった落胆を抱えつつも、きっぱりと断を下す。虚子はと言えば、「升《のぼ》さんの好意には感謝します。その好意にそむくのはつらいですが、それを実行するだけの勇気は自分にはありません」と言うのみであった（高浜虚子『子規居士と余』）。

後のない子規の焦りと、まだ若い虚子。維新の志士並みの決死の覚悟で、自分の名を文学史上に残そうとする子規に比べ、小説家に憧れ文芸の世界で生きる夢は見ているものの、子規のような覚悟でレールを敷かれてしまうのは、虚子には重荷であったに違いない。

怒りの収まらない子規は其の後、五百木飄亭宛てに、「最早小生の事業は小生一代の者に相成候」「非風去り、碧梧去り、虚子亦去る」と手紙を送っている。

後に子規と手を携えて虚子は、雑誌『ホトトギス』を東京で立ち上げ、子規の後継者となってゆくのだが、まだこの時点では、子規の期待に応えることはできずにいる状態だったのである。

漱石の見合いと再会

明治二十八年暮れも押し詰まった二十八日、夏目漱石は虎の門にある貴族院書記官長中根重一の官舎を訪れた。後に彼の妻となる長女鏡子との見合いのためであった。

高級官吏であった中根の官舎には、夫人と子供の計七人の他、書生と家政婦が三人ずつ居り、お抱え車夫まで住み込んでいた。建物は西洋館と日本館とがあり、電燈や電話も揃う、当時としては破格の設えで、没落した町名主の子である漱石には、敷居の高い家だったろう。後年中根は退官後、相場で失敗して、婿の漱石から経済的援助を得るようになるが、今は知る由もない。

この時松山中学の英語教師だった漱石は、冬休みを利用して帰省しており、この立派な官舎をひとりで訪ね、洋館二階の二十畳敷きの部屋に通されて、鏡子と対面した。彼女は漱石より十歳年下の十八歳、双方好印象であった。特に歯並びの悪いのを隠さず笑う鏡子のおおらかさを気に入る辺り、人間にうるさい漱石らしい観察である。後にお互い精神を病むほどの夫婦関係に陥ることも、これまた知る由はない。

三日後の大晦日、漱石は根岸の子規庵を訪ねる。この来訪はかねて約束されたものだった。

漱石来るべき約あり
梅活けて君待つ庵の大晦日　　子規

そわそわしていた感もある子規に約束した通り、漱石はやってくる。

何はなくとこたつ一つを参らせん　　子規

それだけではなかった。虚子も来訪、賑やかな大晦日となった。

漱石が来て虚子が来て大三十日　　子規

道灌山の一件からわずか二十日ばかりでの「大三十日」の句の喜びようは、どう考えても漱石あってのものであって、虚子には内心複雑な思いを持っていたに違いない。来た順番に名前を詠んだに過ぎないのだろうが、この時の子規の心の距離感からして、「虚子が来て漱石が来て」とは決して詠まれ得ない状況だったことは確かである。

4　病臥の中の決意

医師の宣告と手術

明治二十九年二月、子規の左腰は腫れて痛み、歩行困難に陥ってしまった。最初は明確な診断を言わなかった医師も、三月十七日、カリエスであることを告知する。即ち、結核菌が骨髄に入って炎症を起こし、やがて膿が出るもので、患部は痛みの引かない腰椎から脊椎にかけてであった。同月末には、手術を行っている。立ち会ったのは碧梧桐であった。その回想によれば、脊椎の患部は大きく突起しており、そこに漏斗《ろう》形をした金属の管を刺し、膿の部分を抜き取る荒療治だが、最初の刺したところが、具合が悪く、刺し込みは二度に渡り、子規は激痛に耐えた、という。

しかし、手術は成功ではなかった。楽だったのは二週間ほどのことで、二つの穴のうちの一つは穴がふさがらず、膿が出続ける結果となった。歩行は絶望的になってしまったのである。それでも、新聞『日本』の社員として原稿は書き続けなければならない。四月二十一日からその年の暮まで、随筆『松蘿玉液』の筆を病臥の身で取り続けることになる、子規の病臥生活の中で書かれる随筆類の初作であった。

雪の句の悲愴

明治二十八年には、「新派」「旧派」という俳句界の色分けが言われるようになった。その主役として、尾崎紅葉や角田竹冷が中心となる秋声会などと共に、子規の「日本」派も取り上げられるようになる。子規の新しい俳句の運動は、一勢力として認められるようになってきた。

明治二十九年は、文学史的に言って子規ら新派俳句が全国に広がり始めた時期として記憶される。虚子・碧梧桐も知られるようになり、地方からも賛同者が現れた。しかし、子規の心の風景は悲愴の色が濃くなった。

病中雪四句

雪ふるよ障子の穴を見てあれば
いくたびも雪の深さを尋ねけり
雪の家に寝て居ると思《も》ふ許《ばか》りにて
障子明けよ上野の雪を一目見ん

俳壇では成功を収めつつあった子規だが、私生活では、明治二十九年の冬、少しは歩けるかと思いきや全く歩けないという状況になってしまった。その境涯を詠んだ二句目は、彼の代表作の一つになった。単独では、意味がよくわからない句だが、前書のついた連作であることで、寝たきりの子規の境涯が見えてくる。本来「いくたびも」の句も、四句全体で補いあって意味を成すものであった。

これまで述べてきたように、子規は好奇心にあふれ、人一倍現場に出て見たがる性格だった。雪は生活にとっては障害に過ぎないが、詩人にとっては、それによって化粧されていく景に狂喜する子供のような心が必要である。しかし、子規はそれを自分の力で見ることも、まして、踏んで確かめることもできない。

「いくたびも」看病する家族にこれを尋ねるやりとりから、「雪」はかえって悲しく切ないものとして読む者に響いてくる。これを受けて、三句目は、起居がままならないもどかしさが詠まれ、四句目では「障子明けよ」という強い口調が、「一目見ん」と呼応して、「悲愴」の感が極まる。

三句目も四句目も、上五が字余りとなっており、これは切迫した口調となっている。こうした子規の強い口調に注目したのが、中村草田男であった。この句は簡明を極めながら、小事実が作者の心境の見事な具現化となっており、「子規の人柄から発する一種の『ますらおぶり』」が句全体にみなぎっていると指摘している（『中村草田男全集』第八巻）。

そもそもこうした「雪」のイメージは、穏やかな戦後のクリスマスの雪のそれとは大いに異なる。演劇の脚色ではあるが、忠臣蔵の仇討ち当日の雪に発し、井伊直弼を暗殺する桜田門外の変での雪、西南戦争の西郷軍出発の日の雪などに通じる悲愴の美である。維新の志士の多くは忠臣蔵の討ち入りに、自らの命を顧みない行動を重ねて共鳴した。

大望の葬送

子規もまた、遠からぬ自己の死をいよいよ覚悟して、自らの名を後世に残すことに、残りの人生を費やす気概を詠んだものと、草田男は受け取ったのである。その草田男は、後に明治神宮のおひざ元にある、母校青山の青南小学校に佇んで、

降る雪や明治は遠くなりにけり

と切れ字の「や」「けり」を畳みかける強い口調で、明治へのノスタルジーを詠んでみせたのであった。

先に挙げたこの年三月十七日の、虚子宛ての手紙で子規はこうも書いていた。

世間大望を抱きたるままにて地下に葬らるる者多し。されども余《わ》れ程の大望を抱きて地下に逝《ゆ》く者はあらじ。余は俳句の上に於てのみ多少野心を漏らしたり。されどもそれさえも未だ十分ならず。縦《よ》し俳句に於て思うままに望を遂げたりとも、それは余の大望の殆ど無窮大なるに比して、僅かに零《ぜろ》を値するのみ。

虚子もこの手紙はよほど印象に残っていたと見えて、後に『子規居士と余』の中で、この手紙を全文引用している。手紙の末尾には、この手紙の内容を俗人に漏らすなと注意書きがあるから、子規にとっては一種の「遺言」に近い意識もあったようで、虚子もそう受け取っていたのであろう。

子規は人一倍欲張りな人であり、自信家でもあった。その「野心」や「志」が、俳句という、子規からみれば、極小の世界に押し込められていく。決定的な病の宣告を受け、その年も暮れてゆこうとする時、子規の「雪」の句は、その喪失を甘んじて受けざるを得ない悔しさを、一句に転じていくものとなった。子規にとっての一大不幸が、かえって子規の句境を深めてゆくという「逆説」が、ここにある。

虚子とは違って、この時期、子規を遠いところから眺めていた人の証言も引こう。

「俳豪」子規の印象

子規が俳壇に本格的にデビューした明治二十六年に知り合った伊藤松宇は、翌二十七年夏、務めていた王子製紙での転勤により、遠州へ移転、五年の歳月を、子規と離れて暮らすことになった。日清戦争従軍による喀血の折にも、須磨の療養先で〈肉になる風吹き入れよ須磨の月〉の句を送って慰めた。明治二十八年秋、東京に帰って小康を得てからは、子規の名は大いに上がり、松宇も今東京に居れば、一方の大将になれるのだが惜しいと手紙をよこしてきたという（「正岡子規氏」『松宇文集』）。

それだけ、明治二十九年は、俳人子規の絶頂期と言ってよい。しかし、それは明治三十一年まで遠く離れて、有名人となった子規をまぶしく見つめる松宇の視線から出た感想に過ぎない。盛名を得るには得たが、それと反比例するかのように、子規は病臥の人として、短い晩年を迎えなければならなくなったのである。

短い子規の人生は、強烈な輝きを放つ目覚ましい俳句革新の活躍と、三十歳にして寝たきりの病人として、残された時間の短さとも戦いながら暮らさねばならぬ暗転とが、劇的に交差したものでもあったのである。

松宇は東京に戻ってから、子規派と袂を分かち、旧来の俳句の詠み方を残しつつ、俳書の蒐集や、俳文学研究にも力を入れた秋声会に入って活躍する。子規とはやや立場を異にする、趣味人でかつ学者風な、松宇から見れば、子規の短歌・俳句、歌論・俳論については、正直「感服しない」と漏らしている。ただし、子規の文章の力、松宇の言葉を借りれば「三軍を叱咤する」ような強い言葉に載せられた気概には、敬服せずにはおれないと結んでいる。

「三軍」とは、右翼・中軍・左翼といった陣容の全体を指す。これは短歌革新の章でも、改めて触れることになるが、先に『俳諧大要』で確認した、「則ち俳句在り、俳句在り日本文学在り」のような、強い調子で畳みかけ煽ってくる文章こそが、党派を超えて当時の人が認める、子規の子規たる所以だったのである。

第六章　今年はと思ふことなきにしもあらず
——雑誌の発刊と写生文（一八九六〜九八）

1　虚子が後継者となるまで

本章では、近代俳句史にとって重要な意味を持った雑誌『ホトトギス』の発刊と、そこを舞台に、俳句のみならず文章の改良に及んだ「写生文」の始発を中心に取り上げる。

最初の子規派雑誌『ほとゝぎす』

明治二十九年の暮、柳原極堂が雑誌『ほとゝぎす』（創刊時はひらがな標記、東京に移転して以降片仮名に）発刊の相談をすべく、松山から根岸の子規庵を訪ねてきた。明治二十八年、結核療養のため、松山に子規が帰省した折、松風会という地元の俳人連が、子規を囲んで句会や吟行を行ったことは前章で紹介したが、その一人に極堂がいた。

極堂は松山の海南新聞社に務めるかたわら政治運動に身を投じていたが、子規の指導を得たのを受けて、子規派を起こすべく、「子規」の号から『ほとゝぎす』と誌名を得て、翌明治三十年一月発刊した。

内容は、募集句選と随想・俳話からなり、俳句の選者は、子規の他、虚子・碧梧桐・内藤鳴雪らであった。子規は文章の方にも力を入れており、投句は松山のみならず東京からもあったが、一年で編集に行き詰まり、極堂は子規に廃刊を申し出るようになる。

子規は唯一の自派の雑誌が一年で廃刊になることに苦慮し、極堂に資金援助まで申し出て継続を強く勧めるが、極堂の意志は変わらなかった。そこで、この雑誌の新規まき直しに手を挙げたのが虚子だった。

道灌山一件以後

道灌山一件で、冷却した子規・虚子の関係はその後どうなっていたのか。半年近く経った明治二十九年六月六日子規宛書簡で、五高の教員となって熊本にいた漱石は二人の間を取り持つべく、子規に語りかけることになる。

なお、この間も、子規の虚子への非難は続いている。先に紹介したように、三月十七日虚子宛子規書簡では、医師からカリエスであることを告知されて動揺し、「世間大望を抱きたるままにて地下に葬らるる者多し。されども余《わ》れ程の大望を抱きて地下に逝《ゆ》く者はあらじ」という慨嘆を書きつけ、末尾で他言無用と念を押している。子規の焦りが頂点に達したこの時期、道灌山では虚子のことには今後構わないと言っていた子規が、実際は執拗に虚子に絡みだしている様が確認できる。

五月二十日の書簡では、鷗外から虚子が素龍の句を素堂と勘違いしている点を指摘され、冷や汗を流したり、落涙したりと書きつけた、感情むき出しの文面を送ったかと思えば、二十六日には長文の手紙をまた寄こして、本格的な学問を帝国大学の撰科（おそらくは和文学科）に入ってやることを先送りしたいという虚子の希望を批判している。おそらく、この間、子規が大学入学を強制し、この子規の手紙によれば、漱石と虚子の間には話がついていて、大学入学までの一年猶予を得、そのための資金的援助を漱石は虚子に送ると言ってきた。それがまた、子規の激憤を呼んだ。

焦る子規としては、漱石まで引っ張りだして、大学は難しいから延期をし、漱石からの経済的援助まで受けようとする虚子が気に入らない。大学など恐れるに足りない、それを勝手なことをやって俺の顔も立たないではないか。道灌山一件直後の飄亭宛書簡の言葉「死は近づきぬ。文学は漸く佳境に入らんとす」を引いて、自分の息のあるうちに「貴兄（虚子）の御出世も見たく」急いでいる、試験を受けないのか、今年中に受けるのかどっちかにしろと、糾問しながら、追伸として、昨年須磨で看病の折、虚子にもらったイチゴの美味しさを想起して、あの時、俺の跡目を継ぐ話は受けただろうという意味を込めて、

いちご熟す去年の此頃病みたりし

と句を書き添え、懇願と恫喝がないまぜになった、感情むき出しの手紙を送りつけた。

虚子はいったん三高に入学しながら、明治二十七年にこれを飛び出し、子規のところへ転がり込ん

だ経緯があり、今更の大学入学には怯まざるを得なかった。漱石まで担ぎ出して、これを延期しようという手段に出た虚子の魂胆を見抜いての子規の激高であった。子規の、虚子へのまとわりつきようは、既に怨霊同様の執拗さである。六月三日虚子宛子規書簡では、『日本人』への虚子の文章の投稿に関する件でもゆっくり話し合いたかったが、「よそよそしき」虚子に、子規が昨年秋東京に戻って以来、しみじみと話したことは一度もないから、よくわからないとすがるような文面のあと、虚子は碧梧桐より尻が落ちつかぬとまた怒りをぶつけている。

漱石、子規と虚子を取り持つ

さて、これらを受けての、六月六日の子規宛漱石書簡である。子規・虚子の決定的亀裂を防ぐ、ターニングポイントとなるものである。

御紙面拝誦仕《つかまつり》候。虚子の事にて御心配の趣、御尤に存候。先日虚子よりも大兄との談判の模様、相報じ来り申候。虚子云ふ。敢て逃るるにあらず。一年間退て勉強の上、入学する積りなりと。一年間にどう変化するや計りがたけれど、勉強の上入学せば夫《それ》でよからん。色々の事情もあるべけれど、先《ま》づ堪忍して今迄の如く御交際あり度《たく》と希望す。

熊本にいる漱石は、子規・虚子双方から、大学入学に関わる一件の話を受けている。漱石曰く、虚子は逃げたのではなく、一年勉強してから学問をし直すと言っている、と虚子に悪気のないことを説いている。

漱石は職のある内は、虚子に金銭的援助を惜しまないと約束した。実際、援助を受けていたことは、虚子自身、後年こう回想している。

漱石は私に、自分は少し月給を沢山貰ふやうになつたから、若干の金を君にやるから少し勉強をしろといふやうな事をいつた事がありました。その時分の私は、乏しい学資でやうやく下宿料が払へるくらゐのものでありまして、余分の書物を買ふといふやうな金はなかつたのでありましたから、喜んで好意を受けて、月々五円であつたか十円であつたかの金を送つて貰ふことになつたのでありました（高浜虚子『俳句の五十年』）。

漱石は、松山時代も校長の給与を二十円上回る八十円の高給取り（子規は新聞『日本』で当初月給十五円、最終的には四十円）として、松山でも新聞で紹介されて有名人になっていたが、それは留学費用を貯めるためだった（明治二十八年四月十六日神田乃武宛書簡）。それが、熊本ではさらに額が上がって、百円の給与を得ていた。漱石は、子規宛書簡で虚子の人物に触れてこう続ける。

小生が余慶な事ながら、虚子にかかる事を申し出たるは、虚子が前途の為なるは無論なれど、同人の人物が大に松山的ならぬ淡泊なる処、のんきなる処、気のきかぬ処、無気様なる点に有之候。大兄の観察点は如何《いか》なるか知らねど、先づ普通の人間よりは好き方なるべく、左《さ》すれば左程愛想づかしをなさるるにも及ぶまじきか。

『坊っちゃん』で後に描くように、「誤魔化して、陰でこせこせ生意気な悪いたずらをして、話せない雑兵だ、卑怯だ」と漱石は松山人、特に学生を嫌っていた（「名家の見たる熊本」）。それから比べての、虚子の人の好さを評価したのであろう。また、気が利かない不器用さは、漱石にとって本来好もしい性格であった。彼は、

木瓜《ぼけ》咲くや漱石拙を守るべく

と「拙」なる木瓜の花の境涯を理想としていたが、同様の「愚」が虚子にはあるということなのだろう。

手紙の続きには、道灌山一件に対する漱石の行き届いた観察が、披露される。病気の進行に焦る子規の気持ちもわかるが、二十二歳の虚子には、肩の荷が重すぎる期待を寄せ、道灌山一件で距離が生まれると、期待していた分、怒りが不当な評価の低さに転じたという指摘は、誠に実際のところをついていたと思われる。漱石も虚子に見どころのあるのを感じるものの、もう少し気長に対処して、虚子に厳しく当たらないでほしい、自分からもよく言い聞かせるからと間に入っているのである。こうした虚子と漱石の関係が、やがて子規の死後、『ホトトギス』に虚子が漱石の『吾輩は猫である』を書かせ、小説家漱石の誕生へとつながっていくのである。

虚子の変貌

青年特有の不安定さの中にいた虚子だったが、明治三十年六月から、旧前橋藩士族大畠豊水の次女糸と、結婚生活を始め、十一月二十八日の子規宛書簡でこれを告白、翌三十一年三月、長女真砂子が生まれ、同年十月『ホトトギス』の東京発行人になり、雑誌の成功とともに子規との関係も修復した。

明治三十一年七月八日の子規宛書簡は、自分には妻も子もあると、不退転の決意を示したよく知れるものである。

自ら顧み自ら誡《いまし》め、大兄の御決心に対して小生の決心も譲るまじと深く心に誓ふた。然り、大兄と両人でやる。大兄が御病気の時は、小生独りでやる。（中略）いひ悪《にく》いことではあるが、大兄百年の後は、天晴の大兄の後継として恥ぢないやうにならう。

この後、虚子はこれまで触れて来た子規の叱咤を一々想起して、さらにこれからも鞭撻を得たいと敢然として述べている。第一この手紙は文体が異常である。引用した部分を見てもわかるように、敬語がない。文字通りの言文一致体となっている。これは、敢闘精神を何より大切にする子規に捧げる言葉でもあり、虚子自身に言い聞かせる言葉でもあったのだろう。

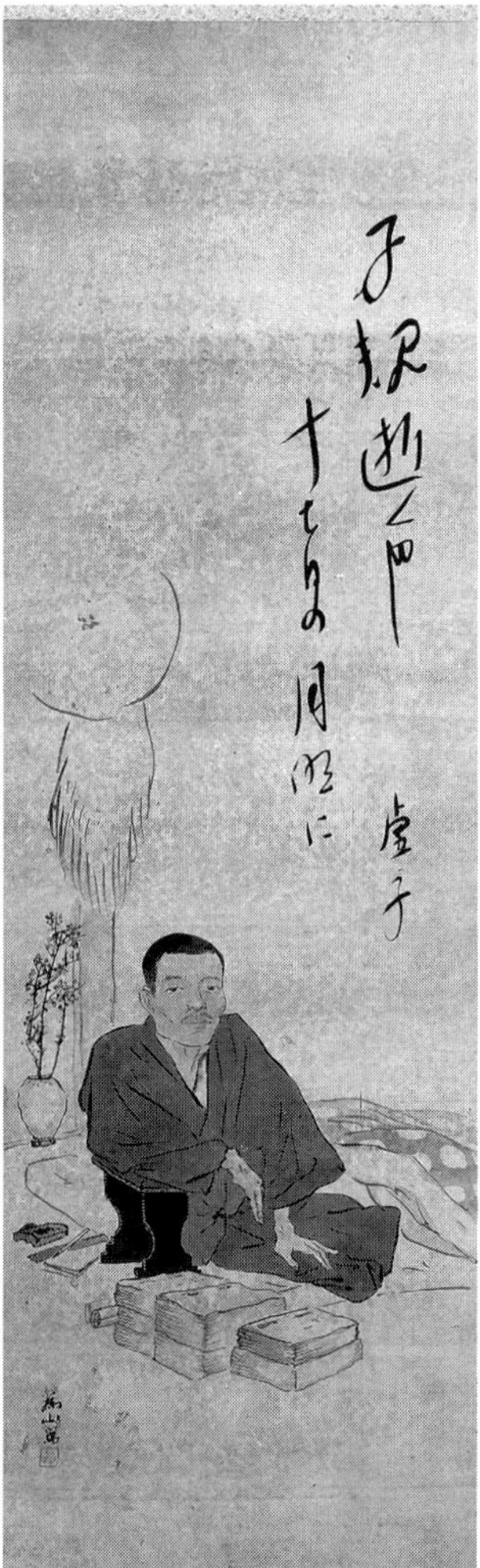

下村為山（画）／高浜虚子（賛）『子規像』
（松山市立子規記念博物館蔵）

2 近代俳句雑誌の誕生

東京版『ホトトギス』の成功

東京に移ってからの『ホトトギス』と、松山版との違いは、洋画家下村為山・中村不折・浅井忠の口絵・裏表紙絵、「蕪村句集講義」などの連載、「文学美術漫評」、新体詩・和歌も加えた、ことなどが挙げられる。定価九銭のこの雑誌は松山版の創刊三百部から千五百部と五倍に部数が跳ね上がり、創刊号は発売と同時に売り切って、五百部を増刷したのであった。

もともと松山から東京に発行所を移す際、頁数を増やし、俳句関係の記事に加えて「俳文、和歌、新体詩、及び美術文学の批評をも加へて東都の文壇に新生面を開」こうというのは、松山版の最終号巻頭に子規自身が記したところでもあった（「ほととぎす発行所を東京へ遷す事」）。これを発行人の虚子が受けて行ったわけである。

表紙やカットの、それまでの俳句雑誌にない新しさは、当時の文芸雑誌を意識したものであった。『新声』（新声社、明治二十九年創刊）・『新小説（第二期）』（春陽堂、同年創刊）・『中学世界』（博文館、明治三十一年創刊）などは、和田英作・小山正太郎といった洋画家による、パリで流行った最先端のアール・ヌーヴォーを意識した表紙・口絵で彩られた。子規が洋画家を採用したのは、こうした青年向きの雑誌の意匠の潮流を意識したものだったろう。既に碧梧桐は、『新声』の俳句欄選者であった。つまり、青年層の新しい読者に訴えたのが成功の要因の一つである。

浅井忠（国立国会図書館蔵）

マクロの視点に立てば、日清戦争の前後を境に雑誌読者は量的にも拡大すると同時に、質的にも変化した。明治二十八年一月に創刊された博文館の『太陽』は、一冊当たり二〇〇頁を超える分量と、政治・経済・文学に至る文字通りの「総合誌」の先駆けであった。また鉄道網の拡大は、メディアが中央から大量かつリアルタイムに情報を送れるシステムを用意した。全国規模の読書する国民が誕生する時期だったのである。

明治三十一年、旧来の俳句に馴染む読者を抱えていたはずの

『ホトトギス』第五巻表紙
（公益財団法人虚子記念文学館蔵）

『都新聞』での俳人人気投票では、旧派宗匠の名前がずらと並ぶ中、子規は三十七位でしかなかった。しかし、翌三十二年の『太陽』では、子規は四位までランクを上げている。この現象こそ、子規・虚子の狙いが、新しい読者層にあったことを如実に示している。

『蕪村句集講義』

雑誌『ホトトギス』のもう一つの重要な柱は、連載された「蕪村句集講義」（明治三十一年一月十五日開始）である。前章で触れたように、子規派は蕪村の発掘・顕彰・学習によって自派の性格を俳壇に喧伝した面がある。『ホトトギス』が東京で刊行される以前の明治三十年四月から十一月まで、子規は「俳人蕪村」を新聞『日本』に連載して、それまでの蕪村研究に区切りをつけていた。単行本の刊行は、明治三十二年十二月のことである。

まず蕪村句の特質を内容面から、「積極的美」（五月雨や大河を前に家二軒）、「客観的美」（柳散り清水涸《か》れ石ところどころ）、「人事的美」（青梅に眉あつめたる美人かな）、「理想的美」（鳥羽殿へ五六騎いそぐ野分かな）、「複雑的美」（梨の花月に書読む女あり）、「精細的美」（牡丹散て打ち重りぬ二三片）に分けて論評、蕪村の多面性を浮かび上がらせた。また、「客観」「複雑」「精細」は、見習らうべき「写生」の特徴であり、「人事」「理想（想像）」は、この時代の美術や文学で重要視された「理想」を意識しつつ、

明治三十年十二月二十四日第一回蕪村忌集合写真（松山市立子規記念博物館蔵）

新派俳句の目指すべき方向としてあったことは、前章の『俳諧大要』でも述べたところだ。

次に、「用語」「句法」「句調」「文法」「材料」等、用例を挙げて客観的根拠に基づいて、蕪村の句づくりの実態を分析して見せた。これは「俳句分類」の経験を反映させたものである。

子規は「緒言」で、俳文芸が芭蕉によって独自の価値を得るようになったその功績を認めながら、芭蕉の駄句をも盲目的に崇拝する旧派を徹底批判して、蕪村は芭蕉に並んで価値があるのに、これを旧派が顧みないのは、彼らが無学で、蕪村の「高雅」な価値が理解できないからだとし、自派が蕪村派とまで称されていることを喧伝している。蕪村は子規派の看板であり、『俳人蕪村』は言わば外向けの書物であった。

そこで、「蕪村句集講義」では、『蕪村句集』の一句一句を、子規・虚子・碧梧桐・鳴雪らで語らいながら、解きほぐしてゆき、子規派の俳句を学ぶ読者、特に直接子規らに指導を受けられない者たちにとって、重要な教科書の役割を持たせたのである。

こうした、一つのテキストを複数で寄り集まって読んでいく形式を、江戸以来の伝統で「会読」と呼ぶ。それは本来、主に漢籍の経典や詩文について行われるものであって、素読や講釈を受けた後、上級者向けに行われた教育方法であった。議論は、質疑応答も含め対等な形で行われる点に特徴があった。会員同士の呼び名は「諸君」「諸君子」であり、輪番性や規約まで残るケースもあって、このルールと自発性も重要な点であった。子規派内でのこの誌上読書会でも、お互いを「諸君」「子」と呼ぶことが多く、代表である子規すら「子規子」と呼ばれていた。

「蕪村句集講義」の特徴は、本来政治・思想・道徳を学ぶためのこの「会読」を、俳句に持ち込んだ点にあった。それまで、俳句の修行は、句座に同席して宗匠から学ぶものであり、派を継ぐ者は、秘伝を宗匠から受ける垂直な構造となっていた。しかし、子規は明治の新教育を受けた新しい階層を対象に、江戸以来の「会読」の対等性を使って、書生仲間の文化を俳句に持ち込み、雑誌という新メディアを通して、新しい読者を開拓していったのである。

「地図的観念」と「絵画的観念」

「蕪村句集講義」での象徴的なやりとりは、自分より年長の内藤鳴雪と次の蕪村句をめぐってなされた。

春の水山なき国を流れけり

論争する子規の声はあまりに大きく家人も驚くほどであった、という。鳴雪はこの句で十分景は浮かぶと言うが、子規は全く違う、という。鳴雪は、おそらく山に囲まれた京都を中心とする和歌の伝統を本意とする立場から、それを裏返した「山なき国」は、武蔵野や下総などの風景を十分浮かばせる表現だと考えた。

対する子規は、「山なき国」をよしとするのは鳴雪に「地図のような見方」があるからだとして徹底的にやり玉に挙げる。子規には既に明治二十七年に「地図的観念と絵画的観念」（新聞『日本』）という文章がある。

言葉は言葉を前提にしている面がある。例えば「大・中・小」の区別は、「中」だけを取り出しても意味がはっきりしない。「大・中・小」という言葉の比較のなかで意味がはじめて成り立つ。「山なき国」も「山ある国」を前提としてはじめて、その広大な景が浮かぶのと同じだ。

子規は、こうした言葉の約束事に寄りかかった姿勢を最も嫌った。地図上の鳥居の記号は、神社を意味する。そういう約束事だからである。しかし、記号だけでは、実際それが村の鎮守なのか、明治神宮のような大社なのかは浮かばない。こうした約束事ばかりを頼りにしていては、リアルな句は出来ない、と子規には思われたのである。

こうした議論は前章で紹介した、心理学や絵画の知見を基にした「写生」論の延長線上にある。子規は蕪村句の中の「古さ」については、徹底批判をし、『俳人蕪村』で展開した「美」のものさしに適うものだけを拾いあげたのである。

こうした、眼の経験を重視して、できるだけ言葉によりかからない子規の姿勢は、俳句に留まらず、「写生文」や短歌でも同様に主張される点である。子規にとって、「写生」は、俳句を革新する理念から出発して、文章や短歌の近代化、すなわち国民のものとするための重要な柱となっていったのである。この時子規が、写生を説明するのに「絵画」を引用し、シンボル化したことは重要で、子規晩年の世界もまた絵画からのインスピレーションによって定位していったことは、後に述べる。

投稿雑誌としての性格

成功の理由のもう一つは、投稿雑誌としての性格付けにある。東京版七号には、「蝶」を題として「のぼる（子規か）」「たいこ」「みどり（碧梧桐か）」「編輯子（虚子）」などの蝶にまつわる比較的短い写生文を中心に編集した、課題作文集が載る。以下九号の「酒」、十号の「旅」、十二号の「墓」など同様の企画は続き、写生文投稿雑誌としての側面は、子規時代継続してゆく。

この時代は文芸雑誌を通した「誌友交際」が成立しつつあった。地方支部を置いて読者からの投稿を歓迎する体制を敷き、積極的にこれを誌面に掲載する方法をとった代表例として、短歌の『明星』と俳句の『ホトトギス』が挙げられる。特に『ホトトギス』は、毎号「地方の俳句会」欄を設け、地方俳人との結びつきを重視していた。

子規・虚子の新規俳人発掘のターゲットは旧制中学校卒業者・在校生にあった。明治十八年には一万五千人にすぎなかった中学生総数は、明治三十一年には六万一千人、子規没後の明治三十七年には十万人を超える急成長を遂げ、新たな上流・中産階級の基盤をなす有望な「市場」であった。

『ホトトギス』は、俳句のみならず写生文・絵画も含めた投稿雑誌としての性格を濃厚に有していた。政府の教育施策が、外国語偏重から国語教育へ重心を置いたことが大きい。明治二十七年の文部省令として旧制中学の教科・課程の改正が行われ、国語・漢文の授業の大幅増加と、「和文」を教育の中心に据える方針が決められた。目的は「愛国心」の育成と、「思想ノ交通」「日常生活ノ便」という、知的活動の核としての「国語」への注目が、理由として挙げられていた。一定以上のリテラシーを中学校で身に着けた若者が、自ら文章も書く能動的な読者を供給したのである。

また、子規の新俳句に染まった人々は、教育者として地方に展開し、そこで新俳句の伝道者となったケースが多い。例えば、大正から昭和期に在野の江戸文学研究者としてならした忍頂寺務（一八八六〜一九四六）は、淡路の洲本中学で、大谷繞石《とうせき》に学び、『ホトトギス』に投稿するようになるが、こうした例は枚挙に暇ない。

国語、特に文語でなく日常の現代文に対して、教育においても関心が集中し、時間も割かれたことと、子規の伝道者として各地に中学・高校教師が展開したことは、双方相まって、新俳句、および『ホトトギス』の興隆に寄与したのである。その時、雑誌のような公的メディアでは、いきなり俳句から入るのではなく、新しい散文から俳句に導いていくことが、市場戦略上自明の理であった。俳句よりも文章作成の方が、読者の分母が大きく、時代の潮流でもあったのである。

3　文章の近代化

写生文の誕生

明治三十一年十月、東京版『ホトトギス』第一号に載った子規の「小園の記」と虚子の「浅草寺のくさぐさ」は、写生文の最初とされる。ただし、「写生文」という名称が定着するのは子規の晩年頃であり、当初は「美文」「小品文」「叙事文」などと呼ばれていた。明治三十二年のころからは、病床の子規を囲んでの文章会が始まり、俳人や歌人が集まって互いの文章を発表・品評するようになった。この文章会は翌年「文章には山（中心点――引用者注）がなければならぬ」という子規の言葉によって「山会」と名付けられ、子規の病没後も続けられている。「中心点」とは、絵画のスケッチからヒントを得た、俳句の技法としてまず言われたものである。ただありのまま書くのでなく、作者の感興を核にして描写を構成する方法を指す。

「中心点」のある描写

子規の写生文の代表作とされる「飯待つ間」（『ホトトギス』明治三十二年十月号）の冒頭を引こう。

余は昔から朝飯を喰わぬ事にきめて居る故《ゆえ》、病人ながらも腹がへつて昼飯を待ちかねるのは毎日の事である。今日ははや午砲が鳴ったのに、まだ飯が出来ぬ。枕もとには本も硯も何も出て居らぬ。新聞の一枚も残って居らぬ。仕方が無いから蒲団《ふとん》に頬杖《ほおづえ》ついたままぼんやりとして庭をながめて居る。

これは、自己の状況を説明する導入である。この後、子供三人が子猫を虐めている様子を声のみで描写して、「飯はまだ出来ぬ」という。さらに、

小《ちい》さい黄な蝶はひらひらと飛んで来て、干し衣の裾《すそ》を廻ったが、直ぐまた飛んで往て、遠くにあるおしろいの花を一寸《ちょっと》吸ふて、終に萩のうしろに隠れた。

と子規の「眼」を通した情景描写によって、読者は完全に子規の視点と一致させられる。再び子規の筆は、ごみ溜め箱に子猫を押し込めて子供が虐め、ついに母親の一人から怒られるところを描いて、子供の声を消し、「かッと畳の上に日がさした。飯が来た」としてこの小文を結んでいる。

つまり、子規は、どういう状況にあるかを説明する文章から始め、周囲の小事件を扱いながら、子規の眼を通した俳句同様の情景描写によって、読者の視点と子規の視点を一致させ、朝の一コマを読者に伝達して見せていた。情景描写は、俳句と同様どんなに客観的に詠まれていても、子規自身の「感興」というアンテナによって切り取った情景で、この主客一致した情景描写の「眼」、言い換えれば俳句の「眼」こそ、「中心点」をなすものであった。

言葉の世界に頼らない「描写」

こうした文章の実験を経て、自信を得た子規は、翌明治三十三年一月から三月の新聞『日本』に、「叙事文」を書いた。そこで子規は、「或る景色又は人事を見て面白しと思ひし時に、そを文章に直して読者をして己と同様に面白く感ぜしめんとするには、言葉を飾るべからず、誇張を加ふべからず、只ありのまま見たるままに」書くべきだと主張した。一人称の視線による「写生」で趣味のいい文章であるべきだという定義が、ここでなされたわけである。

虚子もまた、同年五月の『ホトトギス』の「文芸美術評論」欄では、明治二十年代前半の二葉亭四迷・山田美妙の言文一致を試行の第一期とし、明治三十三年の近時こそ長足の進歩を遂げた第二期であるとの認識を示している。

明治三十年代になっても、文章の規範は、擬古文や漢文訓読と翻訳体が結合した文語文が主流であった。特に教育の世界でそうであった。しかし、子規たちの実験は、今日の文章の基本である「描写」の方法を開発したのである。それは言葉とそれにまつわる知識を反映した「地図的観念」である表現法を排し、眼の経験を反映して生きた文章を編み出した。

この流れは、やがて子規の死後、明治三十七年、漱石が山会で、「猫」という文章を発表したことがきっかけで、『吾輩は猫である』を『ホトトギス』に連載することで、近代の国民作家夏目漱石を生んでいく流れにつながる。

一方で、『ホトトギス』の写生文に注目した、東京帝国大学の国文学の教授芳賀矢一（子規・漱石と同期）は、これらの文章を積極的に教科書に採用し、あるべき文章のモデルとして紹介した。

文章投稿雑誌の模範としてどういう文章がいいかという格闘や議論の中で、子規・虚子らの写生文が生まれていった経過は以上のようになるが、また写生文は、投稿雑誌という視点に立てば、中学生とその卒業生という急成長を遂げた新しい市場を受け止める格好の資源でもあった。

こうして、子規の活動は、俳句・短歌のみならず、現代文＝近代的文章のスタンダードを生み出していったのである。

漢学モデルの「文体」意識

最後にマクロの視点を示しておこう。子規が、個人の目を通して選びとり、日常の言葉でこれを表現していく方法を、編み出していったことは、明治の初年以来課題とされてきた、「言文一致」の完成を促す契機となったと言われている。

たしかに、日清戦争後、国家として「成長」したという自覚の元、欧米諸外国を意識しながら、国際舞台に立つための近代国家としての標準語、洗練された記述言語の必要性を、芳賀の師匠である、帝国大学国文学教授の上田万年が、その帰朝後強く訴えたことと、結果的に歩調を合わせることとなった。

しかし、子規が西洋文化の移植・転用のみで事足れり、とする立場でなかったことは、これまでも述べて来た通りである。ここには、子規の漢学への造詣が作用していると思われる。江戸漢学の基本的理念は「格物窮理」、すなわち物に即してその道理を極めれば、汎用性の高い「理」をきわめることができるというもので、「物理」という訳語もここからきていると言われている。更に学問として体系的な漢学は、この原則にそって、目的別の文体の書き分けを行っていた。

江戸時代の漢学で重用された文体論の代表的なテキストは、『文体明弁』である。中国明代の徐師曽《じょしそう》の編纂になるもので、詩文の使用目的別に、その体裁の源流を明らかにし、例文をあげて、制作の基準となる法式を示している。特に文章綱領一巻（総論、論詩、論文、論詩余）を巻頭に置いて、先人の代表的文学論を採録している。江戸期にはこの解説書が広く読まれ、漢文を学び文章を書く者に、文体（様式）の要領を簡明に示すものとして愛用されたのである。いまその例を挙げよう。分類は、『文体明弁』の影響下にある稲垣千穎・松岡太愿編『本朝文範』（明治十四年）による。

「辞」＝美文でリズムを伴って思いを綴る文章
「序」＝ことの経緯や書物の紹介文
「記」＝出来事や事物を記事文
「論」＝意見文
「評」＝論評文
「説」＝可否是非の見解を述べる文章
「弁」＝真偽を明らかにする文章
「教諭」＝教え諭す文章
「訓戒」＝是非善悪を誡める文章

この分類をざっと眺めただけでも、漢学が学問と文章を一体化して捉え、洗練された体系性を持っていたか理解できよう。子規が「叙事文」とも呼んでいた写生文は、言葉を飾る「辞」を排して「記」を目指したもの、『獺祭書屋俳話』は「評」「説」「弁」を談話化したもの、『俳諧大要』のような俳句論は「論」、次章でふれる『歌よみに与ふる書』は、「教諭」「訓戒」を書簡体にしたもの、と一応捉えうる。しかも、この分類の順序は重要で、「説明」「描写」から進んで、「議論」「教育」へと進む文章教育のステップが意識されていた。

子規の言論活動については、こうした体系的な漢学のモデルを、近代の制度・現状に合わせて転用していった可能性を意識しておく必要がある。

第七章　くれなゐの二尺伸びたる薔薇の芽の針やはらかに春雨のふる

――短歌の革新へ（一八九六～一九〇二）

1　短歌の新旧

「竹の里人」

子規は俳句のみならず、その短い晩年で短歌の革新にも火の手を上げた。本章では、そのあらましを紹介しながら、その仕事の意味と、短歌の名作を紹介したい。

すでに二章で紹介したように、子規は学生時代に短歌に手を染めていた。子規自筆歌稿たる『竹乃里歌』は、明治十五年の作から登録されている。

「竹の里人」の号が使われるのは、明治二十七年二月二十三日からで、子規の編集する『小日本』に、この号で短歌が発表されている。「竹の里人」の由来は、子規の住んだ根岸を、「呉竹の根岸の里」と称するところから用いられたもので、『小日本』廃刊後も、子規はこの歌名を使い続けた。

上野の崖下にある根岸の里は、音無川の清流が流れ、既に『江戸名所図会』に「呉竹の根岸の里は上野の山陰にして幽趣あるが故にや。都下の遊人多くはここに隠棲す」と書かれるように、文人の隠棲する場所としてイメージが定着していた。画人・俳人として有名な酒井抱一は文化六年から下根岸の雨華庵に住み、「山茶花や根岸は同じ垣つづき」の句がある。

明治二十年代になっても、このイメージは生き続け、この付近に住んだ饗庭篁村・森田思軒・宮崎三昧《さんまい》・須藤南翠《なんすい》などを中心とした江戸の色濃い文人の一団は、「根岸党」「根岸派」と呼ばれ、子規が私淑した幸田露伴もまた、一時期これに参加していた。

子規も『江戸名所図会』以来の根岸のイメージは十分意識していたようで、以下のような句がそのことを証明している。

くれ竹の根岸にすんで花の春（明治二十六年）
呉竹の根岸の里や松飾り（明治二十七年）
竹植ゑて人仮住居す上根岸（明治二十九年）
ささ鳴くや鳴かずや竹の根岸人（明治二十九年）

江戸の伝統を切り捨てて、近代への道を開いたイメージが強い子規だが、露伴への傾倒に典型的に見て取れるように、子規は、学生時代、曲亭馬琴の読本や為永春水の人情本など江戸文学に親しんでいた（『筆まかせ』）。子規は、小説・演劇の改良に先鞭をつけた坪内逍遙同様、江戸文学をよく知った上で、切るものは切り、残すものは残し、「改良」すべきは「改良」する人だったのである。子規の「改良」は、過去のすべてを振り捨てる「前衛」とは異なる。

短歌革新の波を横目に

子規が、早くから俳句のみならず短歌の革新にも野心を持っていたことは確かである。新聞『日本』に入社した明治二十六年の二月には、与謝野鉄幹を急先鋒とする短歌革新運動の拠点浅香社が結成され、その歌は『日本』にも載った。同年夏、東北を旅した子規は、鉄幹の友人鮎貝槐園と仙台で会って議論したが、まだ『古今和歌集』が面白いと答える程度であった、という（鉄幹『新派和歌大要』）。二章で紹介したように、子規は当初は桂園派の影響を受けており、この時点で『万葉集』には目覚めていない。

明治二十七年五月に鉄幹は、「亡国の音《おん》」（『二六新報』）を発表して、宮内省を中心とする御歌所派への攻撃を行った。高崎正風・福羽美静《ふくばよししず》・本居豊穎《もとおりとよかい》らの歌を引いて、「大丈夫」たる元気を失った、女性的な彼らの歌風を、日清戦争直前の緊張時の雰囲気を意識しながら、「亡国の音」として非難するものであった。

こうして、短歌革新の先鞭をつけた鉄幹は、日清戦争後朝鮮に渡って、閔妃《びんひ》暗殺に関与した嫌疑を受けたことを、自慢げに後年回想する（「沙上の言葉　四」『明星』大正十三年十月号）ような国士的実践者であり、多分にその短歌には政治性が混在していた。しかし、子規が短歌革新に参入してくる明治三十二年、新詩社を起こし、翌年機関誌『明星』を創刊する頃には、鉄幹は早くもその和歌観を大きく変えていた。国家主義的で国士風の主張は影を潜め、個人の自由や自我の絶対化をバネに、美を追

佐佐木信綱
（国立国会図書館蔵）

求する理想主義・ロマン主義の姿勢が明確化してくる。鉄幹は「新派」短歌の先端を走っていたわけである。

もう一つこの時期忘れてはならないのが、佐佐木信綱の存在である。伝統主義に立脚しながら、様式を守りつつ歌風を変えて漸進し、新派・旧派の分裂・対抗を包み込むような立場に立った彼は、明治三十一年、雑誌『心の花』を創刊、翌年竹柏会を結成する。佐佐木の勢力は、鉄幹のような矯激な変革を好まない層に浸透し、地方にも根を張ってゆくのである。

子規が、明治三十一年に『歌よみに与ふる書』を発表して歌壇に参入するのは、こうした「新派」の流れが拮抗しながら出そろいつつあった時期であった。

俳句と短歌を「写生」がつなぐ

子規は鉄幹の詩歌集『東西南北』（明治二十九年七月）に序を寄せ、鉄幹主宰の新詩会にも顔を出している。ここで子規は、やはり短歌革新に手を染めていた佐佐木信綱を知った。日清戦争従軍を通じて森鷗外と接点を持った子規は、鷗外主宰の『めさまし草』誌上で佐佐木の歌を評価し、新聞『日本』社員で子規の同僚となった川柳作家阪井久楽岐《くらき》を通じて、佐佐木と親交を深めてゆく。

子規は当時の和歌革新の動きを睨み、自分もそこに参入する野心を抱きながら、新聞『日本』には陸羯南を始め、社内で短歌を詠む者も多く、その目論見は当初封じ込められていたらしい。ようやく

『ホトトギス』の刊行によって俳句革新に一応の目途がついた明治三十一年に、短歌の革新に乗り出すのであった。では子規の特徴はどこにあったのか。

子規から見れば、「和歌と俳句とは」「其字数の相違を除きて外は全く同一の性質を備へたる者」のなのであり。両者の調和、すなわち和歌の言語と俳句の技法とを活用して、「三十一文字の高尚な俳句」を作るのが、そのねらいであった（『文学慢言』明治二十七年）。短歌革新に手を染める、明治三十一年の「人々に答ふ」でも、短歌と俳句は長さこそ違え、内容は同じであるという、子規らしい単純明快な見方で同一視して論じている。短歌と俳句の形式の違いから生じる技法の差異を無視したこういう見方は、いかにも子規らしい。この点が、ほぼ短歌だけを照準にしていた鉄幹・信綱とは異なる。当然そこでは、子規の新俳句の核心であった「写生」がポイントになってくる。この点、ライバル鉄幹が、「理想」を唱えたのとは対極であるが、これは後で述べよう。

新派歌壇での位置

さらに政治色の濃い鉄幹と違い、子規は、あくまで文学そのものの改良を目的としており、この点が、子規の改革論の大きな特徴でもあった。いわば、子規の短歌革新は、俳句での成功を引提げて、短詩型文芸の本丸である短歌に乗り出したものであった。

今日では、そういう意識は希薄になったが、江戸時代以前、俳句と短歌には身分差があった。短歌（和歌）は、最初の勅撰集である『古今和歌集』が平安時代に編纂されて以来、宮廷文化の代表例として、千年の歴史を誇った。和歌が天皇・貴族のものである証拠は、勅撰集の作者名が公家の場合、実名でなく、「○○太政大臣」「○○大納言」と記されること一つを取ってみても理解できよう。戦国期の朝廷・公家の衰微とともに勅撰集は編纂されなくとも、宮廷文化の「雅」を表現するものとしての伝統は、江戸時代を通じても残った。明治になっても、それは『古今和歌集』をモデルとした香川景樹の流れに伝わり、宮内省で重きを成した薩摩出身の高崎正風が、これを受けて歌壇を代表していたのである。

他方、俳句は、和歌から派生した連歌の中でも、際どい性の笑いを詠むことから始まった俳諧を出自とし、芭蕉によって文芸的価値を得るものの、日常に材料を得る「平民的」な文学に過ぎなかった。子規としては、短歌の改良までやってこそ、日本文学の一大特質である短詩型文芸の「改良」という事業を成しとげたことになるのだった。

言い換えれば、子規は言語とそれに対する見方の革命を通して、俳句のみならず短歌もまとめて「国民」の文学にしようとした、と言っていいだろう。この点、日清戦争が終わって平時になると短歌観を変転させていく、ジャーナリスティックな鉄幹との違いが見て取れる。また、『万葉集』という古典を発掘しながら、これを利用する点で佐佐木信綱と子規は近しいが、「写生」という近代的な技法と価値観を前面に出した点で、漸進主義者の佐佐木とも立場を異にしていた、と言えよう。

さらに言えば、子規が和歌・俳句を一括して考え、それらを個々人の感情の発露としての「文学」としつつも、西洋に対抗する「日本」「国民」の文化と位置付けた立場は、詠む内容や様式の差こそあれ、鉄幹も佐佐木も同じであり、後にこの三派を同席させた観潮楼歌会を主催する、森鷗外のそれに近いことにも気づかされる。短歌を新国家にふさわしいものとして、どう変えてゆくか、それが彼らの課題だったのである。

筆の爆弾――「歌よみに与ふる書」　明治三十一年二月十二日から新聞『日本』に十回連載された「歌よみに与ふる書」は、書簡体で書かれた。そもそも文学論を手紙のスタイルで書くことは、漢詩文の世界に伝統がある。漢学から入った子規もそのことは十分意識していたであろう。和歌をそうした漢文の文学論の伝統的な様式で書くこと自体、子規の戦略があったはずで、知識人に向けて、和歌の旧態依然なあり方を批判して見せるためのものであった、と想像される。

新聞『日本』は、創刊当時から「文苑」欄が設けられ、社主陸羯南の司法省以来の盟友にして漢詩壇の雄、国分青崖がこれを担当。子規とも仲のよかった本田種竹、さらに桂湖村へと引き継がれ、日清戦争後も杉浦譚海・依田学海ら大家の漢詩文が掲載された。既に漢詩欄のない新聞も多かったが、硬派の『日本』は、この「文苑」欄と「俳句」欄、それに子規の俳話が新聞『日本』の文化面の特徴だったのである。

さらに書簡体は、子規の激烈な旧派和歌批判を展開するのにも向いていた。「候」で丁寧に文末が結ばれるこの文体は、かえって子規の強い口調を際立たせる効果があった。冒頭はこうである。

仰《おおせ》の如《ごと》く近来和歌は一向に振ひ不申《もうさず》候。正直に申し候へば万葉以来実朝以来一向に振ひ不申候。

これは仮構の相手が、今の和歌を一切評価しないという意見を持っていると設定し、それを受ける

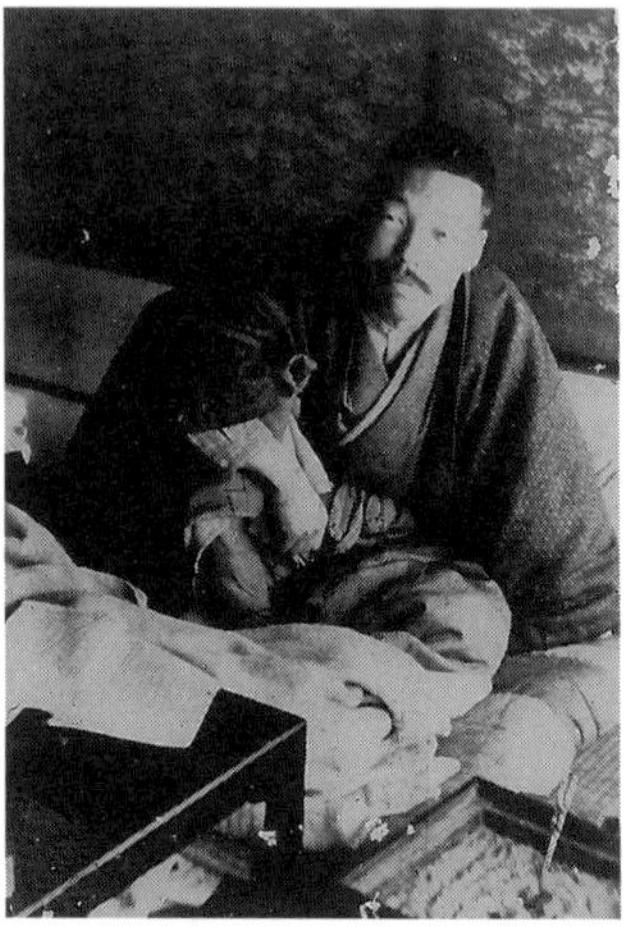

病床で仕事をする子規
（松山市立子規記念博物館蔵）

形であったが、短歌革新に先鞭をつけていた落合直文が新聞『日本』で旧派批判を行い、これに答える投書まであったこと受けていたと考えられる。

第二回には、いよいよ子規の筆の爆弾が放たれる。

> 貫之《つらゆき》は下手な歌よみにて『古今集』はくだらぬ集に有之《これあり》候。その貫之や『古今集』を崇拝するは誠に気の知れぬことなどと申すものの、実は斯《か》く申す生も数年前迄《まで》は『古今集』崇拝の一人にて候ひしかば、今日世人が『古今集』を崇拝する気味合《きみあい》は能《よ》く存申候。崇拝して居る間は誠に歌といふものは優美にて『古今集』は殊《こと》に其粋を抜きたる者とのみ存候ひしも、三年の恋一朝《いっちょう》にさめて見れば、あんな意気地《いくじ》の無い女に今迄《まで》ばかされて居つた事かと、くやしくも腹立たしく相成《あいなり》候。

冒頭から子規は、『古今和歌集』と、その撰者で代表的歌人でもある紀貫之をこき下ろす。その口調は唖然とするほど暴力的で痛快ですらある。一旦この暴論を受けて、自分もかつては世の多くの人がそうであるように、『古今和歌集』崇拝の一人であったことを自白しながら、その「優美」さへの憧れから覚めてみれば、「意気地の無い女」同様の軟弱さがいけないと手厳しい。

2　新しい歌のモデル

短歌を国民の手に

なぜ『古今和歌集』は、女性に喩えられるのか。子規が最初に槍玉に挙げるのは、『古今和歌集』の巻頭の在原元方の歌である。

年の内に春は来にけり一年《ひととせ》を去年《こぞ》とや言はむ今年とや言はむ

ふつう旧暦では新年に立春の日を迎えるが、時に旧年中に立春になってしまうこともある。そこで今日の日を去年と言ったらいいのか、新年と言ったらいいのかというのが、この歌の表面上の意味である。しかし、この迷いを見せる表現は一種の技法であって、早く春が来たと言いたいところを、本当にそう言っていいのだろうかとあえてためらう表現を使うことで、逆に春を待つ心を浮き立たせているのである。あの人のことを好きなのか、そうでないのか、迷う時点から恋が始まっているように、春が早く来てほしい「心」を、ためらいのふるまいのある表現で詠んでみせるのが、女性的で優雅な貴族文化の精神であった。

子規もかつて旧派の和歌をたしなんでいただけに、『古今和歌集』のそういうエレガントな魅力は認めつつ、そこをあえて振り捨ててみせることで、短歌への構えの変化を誘っている。優雅な恋歌を歌った天皇も、明治には大元帥として、ナポレオン同様の軍服に身を包み、その御真影は一般に浸透していった。旧来ある優雅さを、国民国家の時代には振り捨てるべき、身分社会の遺物とし、あえて元方の歌も、理屈を詠んだ「無趣味」の歌として、子規は確信犯的に排撃したのである。

子規の言葉の刃は、『古今和歌集』から、一転して倒すべき当代の旧派へと向けられる。

それでも強《し》ひて『古今集』をほめて言はば、つまらぬ歌ながら万葉以外に一風を成したる処は取得《とりえ》にて、如何《いか》なる者にても始めての者は珍しく覚え申候。ただこれを真似《まね》るをのみ芸とする後世の奴《やつ》こそ気の知れぬ奴には候なれ。それも十年か二十年の事なら兎《と》も角《かく》も、二百年たつても三百年たつても其糟粕《そうはく》を嘗《な》めて居る不見識には驚き入《いり》候。何代集の彼ン代集のと申しても、皆古今の糟粕の糟粕の糟粕の糟粕ばかりに御座候。

『万葉集』から別の作風をなした独自性は、歌風が軟弱とは言え、一応『古今和歌集』の功だが、数百年もこれを固守する後の歌人は、「糟粕」、すなわち、酒のしぼりかすに過ぎないと言う。「糟粕」は、子規が愛した中国の古典『荘子』「天道」編の言葉で、聖人の残した言葉だけでは、聖人の本当の教え、即ちエッセンスはわからないという時、その形骸化した言葉を指して「糟粕」と言ったのを転用したのである。旧派歌人は、千年も前に出来た『古今和歌集』の肝心の「酒」の部分を味わうことなく、ただ搾りかすをなめているばかりなのだ言うだけでも、痛烈なのだが、子規は、念を押すようにカスのカスの、またカスの、そのまたカスだと徹底して攻撃したのである。この言葉の強さこそが、彼の身上であった。

「国民歌集」『万葉集』の利用

以上のような旧来の和歌への批判、というより破壊に近い激論の後には、建設の論理が必要となる。この時子規にとってモデルとなったのが、「歌よみに与ふる書」の冒頭で引用される『万葉集』であり、源実朝の和歌であった。既に『俳諧大要』において、子規は『万葉集』歌を「文学的に作為せしものに非れども、覇気ありて俗気なき処却て文学的なる者多し」とこれを高く評価しており、さらに、「当時の人は質樸にして」「只思ふ所感ずる所を直に歌となしたる者と思しく、何れの歌も真摯質樸一点の俗気を帯びず」（『文学慢言』）と、万葉歌の特徴を率直と見て、これを和歌革新に利用しようとした。

こうした一般の人々による「素朴」な感情を「率直」に詠んだとする『万葉集』への見方は、子規とも近かった高津鍬三郎と三上参次による『日本文学史』（明治二十三年）あたりから生まれてきたもので、『万葉集』に国民歌集の位置を期待する視線は、子規の短歌革新以前に既に生まれていた。こうした『万葉集』への捉え方は、今日の『万葉集』研究の成果から見れば、一種の「誤読」なのだが、子規にとっては、『万葉集』にあると信じられた国民歌集としての性質を利用しながら、旧派和歌への批判を展開したのである。

子規が『万葉集』を本格的に学び出すのが、『歌よみに与ふる書』の翌年、明治三十二年の「万葉集巻十六」（新聞『日本』同年二・三月号）であったと推定されていることからも、子規が『万葉集』の国民歌集的性質を発見したのではなく、旧派攻撃の材料として使うことで、国民のための和歌への「改良」の原資とした、という見方の方が正しい。

源実朝への高評価

子規は、先に引いたように『古今和歌集』とその亜流を批判する際、『万葉集』と共に、源実朝を引いた。この意味はどこにあるのか。子規は、『俳諧大要』で、和歌、特に『古今和歌集』の「優長なる調子」と俳句とは相容れず、同じ和歌でも最も俳句的なものとして、実朝の、

もののふの矢なみつくろふこての上に霰《あられ》たばしる那須の篠原

を挙げ、その切迫した調子こそが俳句にもなるべき意匠であるとしている。武士が矢の並びを整えている颯爽とした景を受けて、「霰」を「みだるる」や「うちしく」でなく「たばしる」と詠んだ率直で強い調子を子規は、俳句に通じるものとして評価していたのである。

明治二十八年一月の句会稿によると、霰の題に対して、

逢坂や霰たばしる牛の角　　子規
古堀や霰たばしる朽木門　　虚子

網代木や霰たばしる浜堤　　非風

など中七にこの実朝歌を意識して詠み込んでいる例もあり、この措辞がこの歌の核心でもあり、俳句にも転用できることを子規一派が確認しようとしていたことが知られる。

ところで、実朝の歌は、歌論や花道書においてもさることながら、江戸時代、陣中の緊張感に充ちた気分を詠んだものとして、松平定信のような武家や室鳩巣のような儒者、さらには賀茂真淵のような国学者からも珍重されてきた。

こうした流れを踏まえると、子規の強い調べに対する好みは、単にそれが俳句に適しているという理由からだけで説明されるべきではないことが見えてくる。歌俳の様式を問わず、子規の詩心から「霰たばしる」は選ばれたのであろう。先に見たように、子規が『古今和歌集』に代表される古典和歌を、「優美」だか「意気地のない女」に喩えて批判・攻撃した視線と、実朝調への好尚は同一線上にあった。

3　歌の運動の磁場として

「百中十首」

こうして歌論を展開する以上、子規は実作を以て新しい短歌とは何かを世に知らしめる責任が生じる。陸羯南に「歌につきての願」を出して実作を提示する機会を得るよう哀願した子規は、羯南の承諾を得て「百中十首」を新聞『日本』(明治三十一年二月)に発表する。実は子規が漱石に漏らしている(三月二十八日書簡)ように、新聞『日本』の中にも、子規の激烈な論には反対の人たちが多くいたようだ。社長の羯南自身が、国学者で歌人の加納諸平を尊敬していたのである。

そこを押し切って出した「百中十首」は、子規の詠んだ百首について、新聞『日本』社内外の十一人にそれぞれ十首選んでもらう、という趣向であった。この百首には病身に鞭打って四日ほど徹夜をした、というから、子規の執念と集中力は凄まじい。

とはいえ、試行錯誤の域を出ないこの試みの特徴は、和歌にはこれまで詠まれてこなかった漢語の使用や、俳句に詠まれる動植物の多用にあった。

夜を守る砦の篝《かがり》影冴えて荒野の月に胡人胡笳《こか》を吹く
城中の千戸の杏花咲きて関帝廟下人市をなす
官人の驢馬《ろば》に鞭《むち》うつ影もなし金州城外柳青々

これらの歌は、日清戦争従軍時の体験を詠んだものであるので、旧来の和歌に詠まれない漢語が多く使われるのも当然に思えるが、ここで詠まれる詩情自体が、軍旅の感懐を詠む漢詩の流れを汲むものので、ことは用語だけの問題ではないのである。

さらに言えば、子規の歌の新しさは、俳句の季語的感覚を和歌に持ち込んだ点にもある。一首目の「冴え」(冬)、二首目の「杏の花」(春)、三首目の「柳」(春)などは皆俳句の季語でもある。まずは素材の拡大が子規の戦略であった。逆に言えば、旧派がモデルとする『古今和歌集』以来の古典和歌は、詠まれるべき言葉にかなりの制約があったのである。

根岸短歌会

子規の歌論を中心にした運動は、翌年動きを見せる。明治三十二年二月初旬には、香取秀眞《ほつま》・岡麓《ふもと》の訪問を機に、根岸子規庵短歌会が定期的に催されるようになる。初回は同年、三月十四日である。翌明治三十三年には、伊藤左千夫と長塚節もこの歌会に参加するようになる。この年の七月には少なくとも「根岸短歌会」の名は、定着していたようだ(『心の花』三巻七号)。

後に子規没後、この伊藤左千夫が主唱して、長塚節・香取秀眞・岡麓ら根岸短歌会系の歌人を中心に、短歌雑誌『馬酔木《あしび》』を発刊した。ここから斎藤茂吉・島木赤彦ら、『万葉集』に学びながら、写実と日常世界を主とする『アララギ』派の歌人が養成されていくのであるから、子規は近代短歌の源流に位置することになる。伊藤左千夫や長塚節に代表される、子規に直接学んだ第一世代ばかりでなく、斎藤茂吉や島木赤彦も、子規の歌集や新聞『日本』の子規の言説に触れて短歌を志しているのだから、子規の撒いた種は、その後大きく成長して短歌史中で一大潮流を成していったわけである。

伊藤左千夫

こうして後の短歌史を振り返ってみても、根岸短歌会のメンバーの中で、伊藤左千夫の存在は最も重い。彼が子規庵を訪問した様子は、『馬酔木』一巻二号(明治三十六年七月)に書かれた回想記「竹の里人」で、以下のように書かれている。

考へて見ると実に昔が恋しい。明治三十三年の一月、然かも二日の日から往き始めた予は、其以前の事は勿論知らぬのであるが、予が往き始めた頃はまだ頗る元氣があつたもので、食物は菓物を尤も好まれたは人も知つてゐるが、甘い物なら何でも好きといふ調子で、壮健の人をも驚かす位喰ふた。御馳走の事といつたら話をしても悦んだ程で、腰は立なくとも左の片肘を突いて体をそばだてゝゐながら、物を書く話をする。余所目にも左程苦痛がある様には見えなかつた。

物はいくらでもくふ、話はいくらでもする。予の如き暢氣な輩は、夜の十二時一時頃まで話をすることは敢て珍しくはなかつた、或夜などは門の扉が何か音がするなと思つたら翌日の新聞を配達して来たといふ訳で、家へ帰つたら三時であつた。こんな塩梅であるから実に愉快でたまらなかつた。予の如きは往く時から既に先生は千古の偉人だと信向して往つたのであるから、其愉快といふものは実に話に出来ぬ位、其人に接し其話を聞き、御互に歌を作つては、しまひに批評して呉れるので、一回毎に自分は高みへ引揚げられる様な心持であつた。

引用が長くなったのは、左千夫と子規の描写が、「写実」的だからである。左千夫は、千葉の農家の次男坊に生まれながら、農業と決別すべく上京し、開校したばかりの明治法律専門学校（現明治大学）に入学するも、進行性近視、眼底充血に侵され、医師からは学問などとても無理なこととの宣告を受け、やむをえず途中で退学となった。しかし、左千夫は一旦実家を退くも、家出をして牛乳採取業を修行し、本所茅場町（現錦糸町駅前周辺）で独立を果たした。やがて、三十七歳で子規と出会い、ようやく自分の「志」を得た左千夫にとって、子規は「千古の偉人」に映っていたのである。また、子規もこの実直で、志が身からあふれ出る左千夫を愛し、丁寧に指導したことが知られる。子規に勇気づけられた左千夫の意気は大いに上がった。

牛飼が歌詠む時に世の中のあたらしき歌大いに起る

しかし、子規の体調は、左千夫との濃密な交流を、長くは許さなかった。翌明治三十四年三月、左千夫は、病が進んだ子規との面談のあらましをこう述べている（「根岸庵訪問の記」『俳星』二巻一号）。闘病に疲弊しきった中、ふと小康を得た子規はこう語った、という。

君との交際は僕が最後の交際だ。此頃のやうではよしあたらしひ交際ができても交際らしひ交際をすることができぬ。もう飲食会すら気がすすまぬ。勿論今でも飲食が一番のたのしみではあるけれども以前の様ではない。君が去年来はじめた時ぶんはまだ小用の時は唐紙の外へ出てしたのだが。まもなくそれができなくなつて寝てゐるままで便器へやつたけれど猶まさかに客の方へ向いてゐてはやらなかつた。夫を此頃では寝返りができぬ故客の方へ向てでもなんでもやるより仕方がなくなつた。

こうなりはてた子規を心配し、心を痛める左千夫の真情があるからこそ、この文章は読む者に迫ってくる。それだけ子規も、左千夫を最後の弟子だと思っていた証拠である。子規と左千夫の短くも、心温まるつながりは、子規の歌の事業の遺髪を継いでいく覚悟を左千夫に植えつけていくことになるのである。

子規子百日忌
しきたへの枕によりて病み臥せる君が面かげ眼を去らず見ゆ
長塚節

しかし、左千夫よりも、子規が可愛がった弟子がいた。長塚節《たかし》である。茨城県岡田郡国生村（現常総市国生）の豪農の家に生まれ、茨城尋常中学校（現水戸一高）で成績優秀だったものの、不眠症で退学し、実家に帰り作歌や旅をして健康回復に努めた。『歌よみに与ふる書』『百中十首』を熟読し、写生の歌を学び始め、子規に傾倒、ついに明治三十三年三月二十七日、節は子規庵を訪問するが、先客があって気おくれし、翌日再度訪問し面会した。同月三十一日の三回目の訪問時に子規は、火をつけた線香を持ってこさせ、それが燃え尽きる間に実景を歌に詠むように命じた。このとき詠んだ十首を、子規は大変気に入り、奇しくも節の誕生日四月三日の新聞『日本』に掲載、節も大変感激する。三首を抄出しよう。

歌人の竹の里人おとなへばやまひの牀に絵をかきてあり
茨の木の赤き芽をふく垣の上にちひさき蟲の出でて飛ぶ見ゆ
人の家にさへずる雀ガラス戸のそとに来て鳴け病む人のために

子規自身を描きながら、子規庵のガラス窓から見える微小な風景を掘り起こし、また子規自身につなげてゆく。情熱の人左千夫と違い、ガラスのような精神を持ち、歌作と旅に明け暮れる節は、「写生」歌を果敢に推奨する子規に吸い寄せられていった。この十首は、子規の諸論と歌作を学習した成果を、たちまちに報告してみせたのである。他方、そういう子規理論の優等生であった節の中に宿る繊細な感覚に、子規も惚れ込んでしまったのである。

節は、子規に食べ物を頻りに贈った。子規の健啖ぶりを知って、気に入ってもらおうと思ったのだろうが、贈ってきたものが、また子規の心のかゆい所に手が届いて、大変喜ばせた。

喜節見訪

下ふさのたかし来れりこれの子は蜂屋大柿我にくれし子
しもふさの節はよき子これの子は虫くひ栗をあれにくれし子
春ごとにたらの木芽《きのめ》をおくりくる結城のたかしあれは忘れず

「写生」は病者と相性がいい。子規のような寝たきりの者に即して言えば、動けないがゆえに、かえって観察が行き届く。視点が固定されてしまうから、自分の眼から入るものを起点にするしかない。そこから、普通は見逃してしまう日常の発見がある。節の場合は、動くことはできたが、若くして学業を断念しなければならない入院生活を体験していた。子規と節は、「眼」の感覚を共有できたのである。

4　子規短歌の世界

連作の実験

子規自身の詠作で、特徴もあり成功したのは、一つの題で数首をまとめて読む連作である。これも俳句で蕪村に習って試みた一題十句の延長線上にある。ただし、俳句の場合には十句のつながりは薄い。例外なのは、先に紹介した「病中雪」の連作である。それに比べて短歌では、「連作」と呼ぶべき関連性を持った歌群が子規歌の特徴となった。先に紹介した長塚節と初対面の折の課題も、この方法を念頭に置いたものだったのである。

明治三十一年の「足たたば」八首は、川柳作家で新聞『日本』の同僚の阪井久良伎が、箱根から数枚の写真を送ってきたのに触発された。以下は抜粋である。

足たたば不尽の高嶺のいただきをいかづちなして踏み鳴らさましを

足たたば二荒のおくの水海にひとり隠れて月を見ましを
足たたば北インヂアのヒマラヤのエヴェレストなる雪くはましを
足たたば蝦夷の栗原くぬぎ原アイノが友と熊殺さましを
足たたば新高山の山もとにいほり結びてバナナ植ゑましを
足たたば大和山城うちめぐり須磨の浦わに昼寝せましを
足たたば黄河の水をかち渉り崋山の蓮の花剪らましを

子規らしい、稚気に溢れた詠みぶりである。貪欲に勇壮活発な旅への願望を歌い、寝たきりの境遇にもめげない、明るく強い精神を躍動させている。

同年作の「われは」と題した八首もある。

ひむがしの京の丑寅杉茂る上野の陰に昼寝すわれは
吉原の太鼓聞えて更くる夜にひとり俳句を分類すわれは
富士を踏みて帰りし人の物語聞きつつ細き足さするわれは
昔せし童遊びをなつかしみこより花火に余念なしわれは
いにしへの故里人のゑがきにし墨絵の竹に向ひ座すわれは
人皆の箱根伊香保と遊ぶ日を庵に籠もりて蠅殺すわれは

果物の核を小庭に撒き置きて花咲き実のる年を待つわれは
世の人は四国猿とぞ笑ふなる四国の猿の子猿ぞわれは

古典的な和歌で笑いを詠むことはない。詠めばそれは狂歌という裏芸のジャンルに分類されてしまう。しかし、子規は自己を客観視するところから生まれる上質な笑いを持ち込んだ。自己の客観視をするのは、俳句の特徴である。「芭蕉野分して盥《たらい》に雨を聞く夜哉」とわび住まいを、呑気で実用に供さない芭蕉に託して笑って見せたこの句で、芭蕉は芭蕉と名乗り出す。俳句は短いから、「われ」を詠み込むことはまずない。みな「われ」の視点から詠んだことが自明となっている。俳人から出発した子規は、その視点を歌の末尾に持ってくることで、俳句によくある自己客観化を、歌でやってみせたのである。

八首の中には、「細き足さする」「籠もりて蠅殺す」とか、外に出られないペーソスの表現もないではないが、最後の歌に典型的なように「四国猿」との侮蔑を気にするどころか、それで何が悪いと開き直ってみせているあたりに、子規らしさがよく出ている。こうした子規の自画像的短歌は、やがて臨終の時に連作の辞世句へと結実してゆくのである。

写生の短歌

子規の文学遍歴から生み出された短歌の到達点は、視覚の経験を詠んだ写生歌である。明治三十三年四月二十一日作の「庭前即景」から引こう。

くれなゐの二尺伸びたる薔薇の芽の針やはらかに春雨のふる

教科書にもよく取り上げられる歌だが、子規は俳人から出発しているだけに、叙景歌を詠んでも、焦点となる物への集約の仕方が上手い。「の」を畳みかけて、薔薇の木から芽に視点を移し、その芽の針へとさらに焦点を合わせていく。子規は俳句について、おそらく美術のスケッチからヒントを得て、「中心点」が必要だと言っていたことは既に紹介したが、こうした子規の視点が短歌にも生かされた。

それだけではない、薔薇の真紅の芽とやわらかな緑の色の対比、針と「やはらか」な春雨の対比、二尺の薔薇の丈《たけ》と芽の小ささの対比など、俳句でもやってきた方法がふんだんに、かつ自然に使われている。子規の代表歌は、俳句の修練の延長線上にあった。俳句と短歌を同列に見る子規らしい名歌なのである。

明治三十三年の「五月二十一日朝、雨中庭前の松を見て作る」と題した、

松の葉の細き葉毎に置く露の千露もゆらに玉もこぼれず

を含む松の葉に置いた露を詠んだ歌群は、子規自身、写生歌の到達点と考えていた。『墨汁一滴』明治三十四年四月二十六日の条では、花に置く露ならば古歌にも多く、旧派にも自称新派にもある類想

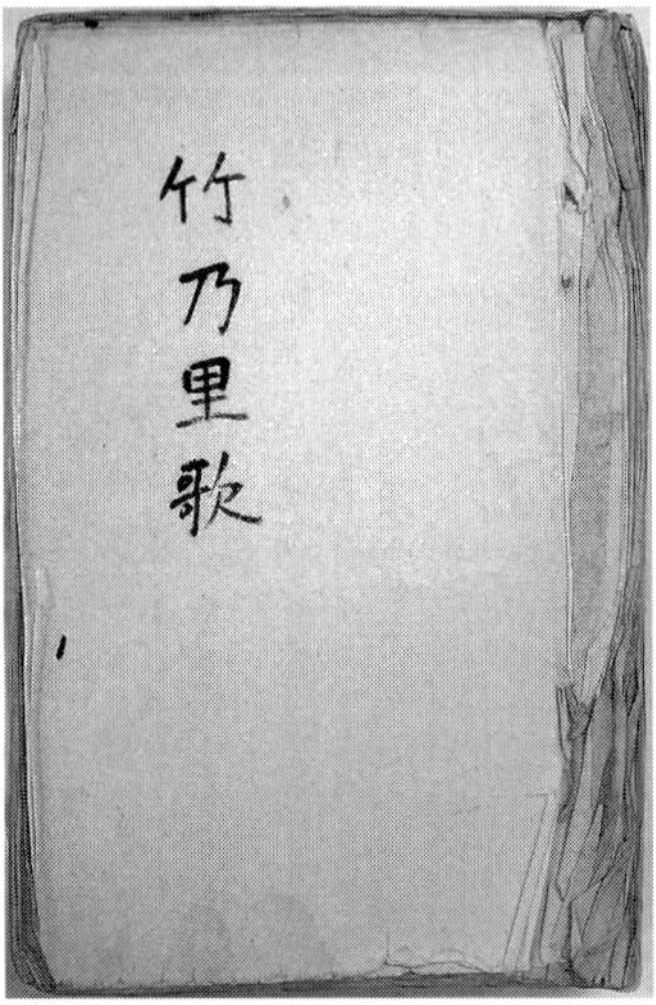

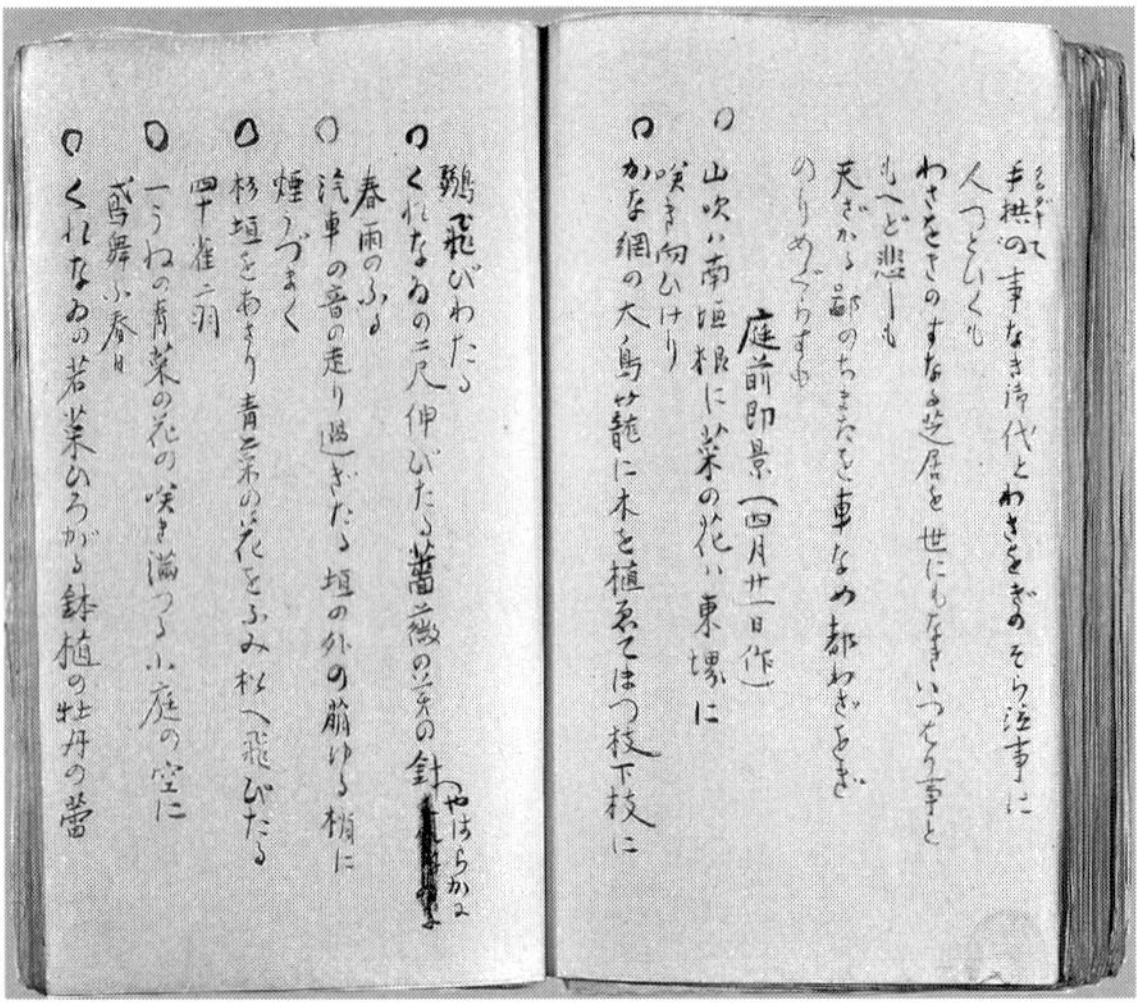

『竹乃里歌』（松山市立子規記念博物館蔵）

であるが、松葉の露を詠むことは類を見ない新見である、と自負している。

四句目の「千露もゆらに」の語は、『万葉集』の「足玉も手玉もゆらに織る機《けた》を君が御衣《みけし》に縫ひもあへむかも」（巻十・二〇六五・作者未詳）などに見える万葉語彙である。子規は、印象鮮やかな、松に置く露の光を、宝玉《ほうぎょく》をゆらすこともないという万葉語の強い調子を借りて詠み留めたのであった。

さらにこの一連には、

松の葉の葉さきを細み置く露のたまりもあへず白玉散るも

もあって、この「玉」のイメージを受け継ぎながら、露の落ちる様を「たまりもあへず」「玉散る」とリフレインを使いながら、惜しむ心を詠んでみせた。

最晩年の境地

子規の革新は、俳句に出発し、散文たる写生文と、より伝統的な詩型である短歌に及んだ。そのことを子規はどう考えていたのか。明治三十五年の随筆『病牀六尺』を見ておきたい。発表は新聞『日本』の六月二十六日。子規が亡くなるまであと三ケ月もない、まさに最晩年の記事である。

写生といふ事は、画を画くにも、記事文を書く上にも極めて必要なもので、此の手段によらなくては、画も記事文も全たく出来ないといふてもよい位である。これは早くより西洋では、用ひられて居つた手段であるが、併《しか》し昔の写生は不完全な写生であつた為めに、此頃は更に進歩して一層精密な手段を取るやうになつて居る。然るに日本では昔から写生といふ事を甚だおろそかに見て居つた為めに、画の発達を妨げ、又た文章も歌も総ての事が皆な進歩しなかつたのである。それが習慣となつて今日でもまだ写生の味を知らない人が十中の八、九である。画の上にも詩歌の上にも、理想といふ事を称《とな》へる人が少くないが、それらは写生の味を知らない人であつて、写生といふことを非常に浅薄《せんぱく》な事として排斥するのであるが、その実、理想の方が余程浅薄であつて、とても写生の趣味の変化多きには及ばぬ事である。理想の作が必ず悪いといふわけではないが、普通に理想として顕《あらわ》れる作には、悪いのが多いといふのが事実である。理想といふ事は人間の考を表すのであるから、其の人間が非常な奇才でない以上は、到底類似と陳腐を免れぬやうになるのは必然である。固《もと》より小供に見せる時、無学なる人に見せる時、初心なる人に見せる時などには、理想といふ事が其人を感ぜしめる事がない事はないが、略々《ほぼ》学問あり見識ある以上の人に見せる時には非常なる偉人の変つた理想でなければ、到底その人を満足せしめる事は出来ないであらう。是れは今日以後の如く教育の普及した時世には免れない事である。之に反して写生といふ事は、天然を写すのであるから、天然の趣味が変化して居るだけ其れだけ、写生文写生画の趣味も変化し得るのである。写生の作を見ると、一寸《ちょっと》浅薄のやうに見えても、深く味はへば味はふ程変化が多く趣味が深い。写生の弊害を言へば、勿論いろいろの弊害もあるであらうけれど、今日実際に当てはめて見ても、理想の弊害ほど甚だしくないやうに思ふ。理想といふやつは一呼吸に屋根の上に飛び上らうとして却《かえ》つて池の中に落ち込むやうな事が多い。写生は平淡である代りに、さる仕損ひはないのである。さうして平淡の中に至味を寓するものに至つては、その妙実に言ふ可からざるものがある。

「写生」が絵画と並行して論じられていることについては、次章で述べよう。今ここで問題にすべきは、「詩歌」も「記事文」も、「理想」に対置するかたちで「写生」の方が、安全で滋味があると言っている点である。当面のテーマである短歌に絞って言うなら、これは同じ「新派」短歌の中でも、「理想」をテーマとした与謝野鉄幹・晶子らの一派を指すのではないか。既に述べたように、俳句と違って短歌では子規は出遅れて登場し、ライバル鉄幹のことは相当意識していた。

その鉄幹たちは、日清戦争後に作風を変え、「理想」を詠むようになるのである。彼らの一派を皮肉も込めて「星菫《せいきん》派」と呼び、彼らの拠って立つ雑誌の名が奇しくも「理想」の隠喩たる『明星』であったことからもわかるように、晶子は「星」の歌人であり、「星」は当時西洋由来の徳性のニュアンスを持った「真善美」を象徴する新詩材で、土井晩翠の新体詩からそれを学びつつ、晶子の詩才を以て、地上の恋をも詠み込んでいく大胆な新しさに充ちていた。彼らは「理想」という題で歌会を催すことさえあったのだ（青山英正『幕末明治の社会変容と詩歌』）。

夜の帳にささめき尽きし星の今を下界の人の鬢のほつれよ　　晶子
星の世のむくのしらぎぬかばかりに染めしは誰のとがとおぼすぞ　　同

天の川そひねの床のとばりごしに星のわかれをすかし見るかな　　同

実際に子規がどこまで晶子自身の歌を読んでいたかは、確証を得ないが、『明星』一派の作風は意識していたに相違ない。子規からすれば、「理想」＝「想像」の美そのものを否定すべきとは言っていないが、彼はあくまで教育的で、「写生」の方が地味でもより多くの人にチャレンジが可能であり、かつ「滋味」があると思えたのである。地味な俳句から出発したこともあるが、そもそも幕末・明治の漢詩には志を得ずして「日常」美を発見する流れが有力であった。そして、「理想」は才能あるものだけを選び、失敗すると眼も当てられないという意味で、子規はこの道を勧めなかった。

子規にとっては、見えない物を想像して作り出す「美」よりも、日常誰でも眼にできる世界から「美」をすくい取る「写生」という方法の方が、国民詩としての、新時代の「短歌」に適合する方法だという信念があったのだろう。

第八章　糸瓜咲て痰のつまりし佛哉かな
――最晩年、病床を描く（一九〇一～〇二）

1　書くことが生きること

子規の生涯は短く、最晩年と言っても、病が重くなった明治三十四年と、亡くなる翌三十五年に絞られる。ほぼ公開された病床日誌たる随筆と、この時期夢中になった絵とが、子規の至りついた世界を示す。

晩年随筆の輝き

明治三十四年一月十六日、新聞『日本』に新連載の随筆『墨汁一滴』が掲載された。『病牀六尺』『仰臥漫録』と続く、子規一代の名随筆集の始発である。先取りして言ってしまえば、子規は俳句よりも短歌よりも、この随筆で最も多くの読者を得たし、今日もそうである。これら三大随筆は、文学者子規畢生の作品群なのである。

一例を挙げよう。大正十五年春、胃潰瘍・神経衰弱・不眠症が続いて自殺を考えていた芥川龍之介は、『子規全集』を読み返して、病中で大仕事を成した子規を絶賛している。その中の一節である。

子規自身の小説には殆ど見るに足るものなし。然れども（中略）「墨汁一滴」や「病牀六尺」中に好箇の小品少なからざるは既に人の知る所なるべし。就中《なかんずく》「病牀六尺」中の小提灯の小品の如きは何度読み返しても飽かざる心ちす。（「病中雑記」）

一般読者だけなく、玄人からも子規の随筆は名文として高い評価を受けていたのである。

病床の「報道」

もはや長く筆を執ることがかなわない自分の体力を意識した子規は、あとこの連載がどれだけ書き続けられるかはわからないが、書けるところまでは書こうという気持ちで「一滴」の表題を用いた。

こうした身辺雑記の随筆、それも死が身に迫った自己レポートは、恐ろしく私的なもので、普通は公開を前提としていない。既にその前に書かれていた随筆『松蘿玉液』にも身辺雑事を書くことは多かったが、病がそこまで切迫はしておらず、子規の知的随想が多くを占めていた。しかし、『墨汁一滴』はそうではない。

年頃苦しみつる局部の痛《いたみ》の外に、左横腹の痛去年《こぞ》より強くなりて、今ははや筆取りて物書く能《あた》はざる程になりしかば、思ふ事腹にたまりて心さへ苦しくなりぬ。かくては生けるかひもなし。はた如何《いか》にして病の牀《とこ》のつれづれを慰めてんや。思ひくし居るほどにふと考へ得たるところありて、終《つい》に墨汁一滴《ぼくじゅういってき》といふものを書かましと思ひたちぬ。こは長きも二十行を限《かぎり》とし、短きは十行五行、あるは一行二行もあるべし。病の間《ひま》をうかがひて、その時胸に浮びたる事何にてもあれ書きちらさんには、全く書かざるには勝りなんかとなり。されど斯《かか》るわらべめきたるものを、ことさらに掲げて諸君に見《まみ》えんとにはあらず。朝々《あさあさ》病の牀にありて新聞紙を披《ひら》きし時、我書ける小文章に対して聊《いささ》か自ら慰むのみ。

筆禿《ふでち》びて返り咲くべき花もなし　（一月二十四日）

重病の床にあっても、子規は野心的である。長く書けない体力を逆手に、短く思い浮かんだことを書こうという。それは勢い私的な内容となるので、誰のために書くわけでもなく、自分の文章が毎朝載っているのを楽しみにするのだ、という異例のお断りをしてみせている。

これは「毎日のベストセラー」と言われる、ニュー・メディアであった新聞を前提にした方法であった。ソーシャル・ネットワークが一般化した今日では、かえってよく理解できると思うが、子規はそれまで死後にしか伝えることのなかった死の床の身辺雑記を、毎日見知らぬ読者に発信するという、前代未聞の試みに挑戦したのである。

しかし、一方で子規の文体はどうであろうか。写生文などとは違って、格調の高い古文で書かれている。自分の文章を「わらべめきたるもの（幼稚で拙劣なもの）」とへりくだるのは、江戸以来の草紙・随筆の序文によくある常套句である。ここは、中世に書かれはしたものの、江戸時代に随筆の古典として読まれた『徒然草』を意識していよう。「病の床のつれづれ」という表現は、そのことを証して余りある。

なお、川平敏文の最近の報告によれば、本来『徒然草』の「つれづれ」の意味は、「閑寂」のような、仏教的悟りに近い意味で説かれていたものが、国文学者の鈴木弘恭の評釈（『徒然草講義』）によって、「退屈」、すなわち疲労感や倦怠感のニュアンスで説かれ、同時期の「文学界」グループ、星野天知や平田禿木によって、『徒然草』は「文学」として読み直されつつあった、という（『徒然草』）。

古典への意識

子規は己れの最後の文業となることを覚悟した随筆を、新聞というニュー・メディアに載せつつ、新しい「古典」として残そうという野心を持ち続けていたと思われる。子規の仕事は、常にそうだが、新しい「社会」、新しい「器」を意識する一方で、長く残る事業であることを意識した。眼前の敵を「旧弊」として果敢に切り捨てながらも、長く標準となるべき仕事には、「古典性」があり、それには「古典」への造詣が欠かせない、と思っていたようだ。

病の苦痛

ただし、『徒然草』と大いに異なるのは、子規の深刻な病の描写である。その生々しさは、実に迫力がある。まるで「戦場」の描写だ。

小生の病気は単に病気が不治の病なるのみならず、病気の時期が既に末期に属し、最早如何なる名法も如何なる妙薬も施すの余地無之《これなく》、神様の御力も或は難及《およびがたき》かと存居《ぞんじおり》候。小生今日の容態は非常に複雑にして小生自身すら往々誤解致居《いたしおる》次第故、迚《とて》も傍人には説明難致《いたしがたく》候へども、先づ病気の種類が三種か四種か有之《これあり》、発熱は毎日、立つ事も坐る事も出来ぬは勿論、此頃では頭を少し擡《もた》ぐる事も困難に相成《あいなり》、又疼痛《とうつう》のため寝返り自由ならず、蒲団の上に釘付にせられたる有様に有之候。疼痛烈《はげ》しき時は右に向きても痛く左に向きても痛く仰向になりても痛く、丸で阿鼻叫喚《あびきょうかん》の地獄も斯くやと思はるる許《ばかり》の事に候。　（四月二十日）

写生をここまで徹底できるのも、病状が一旦落ち着いているからで、前日の四月十九日は

をかしければ笑ふ。悲しければ泣く。併《しか》し痛の烈しい時には仕様がないから、うめくか、叫ぶか、泣くか、又は黙つてこらへて居るかする。その中で黙つてこらへて居るのが一番苦しい。盛んにうめき、盛んに叫び、盛んに泣くと少しく痛が減ずる。

とだけあって、これが精いっぱいであったのだろう。三月からこのような短い記事が見られるようになり、子規にとって厄月である五月には、それが何日も続いている。

記憶による慰撫

病のつらさを癒すものに、過去の楽しい記憶があった。六月十五日の『墨汁一滴』では、最初の喀血やブッセの哲学の授業の試験の苦労を想起し、翌日の記事では、明治二十四年に学年試験を途中でやめ、大宮の料亭旅館「万松楼」で試験準備をするはずが、竹村黄塔や漱石を呼んで結局遊んでしまったことなどを、「試験だから俳句をやめて準備に取りかからうと思ふと、俳句が頻りに浮んで来るので、試験があるといつでも俳句が沢山に出来るといふ事になつた。これほど俳魔に魅入られたら最《も》う助かりやうは無い」といった調子で落第を繰り返したことなどを、ユーモアたっぷりに振り返っている。

こうした回想の中で特筆すべきは、芥川が何度読んでも飽きないと激賞した、「小提灯」の記事（『病牀六尺』五月二十五日）である。新聞『日本』の同僚、古島一雄の手紙が発端となった。日清戦争が起こる四ケ月前の、明治二十七年三月末の出来事の回想である。

小さな恋の物語

古島一雄に誘われて、大宮公園に出掛けたが、桜はまだ咲かず、引き返して目黒の牡丹亭という店で、筍飯を注文する。給仕をしてくれたのは、十七、八才の娘だった。

此女あふるるばかりの愛嬌《あいきょう》のある顔に、而《しか》もおぼこな処があつて、斯《か》かる料理屋などにすれからしたとも見えぬ程のおとなしさが甚だ人をゆかしがらせて、余は古洲にもいはず独り胸を躍《おど》らして居つた。

子規には珍しい恋の記憶である。子規を吉原に連れまわす古島のことなので、一泊を申し出るが、娘はすげなくこれを断る。しばらく雑談にふけっていたが、品川（江戸以来の遊所として知られる）を回って帰ることになり、その娘が、送っていくと言って、小提灯を持って道案内をしてくれる。藪のある寂しいところに差し掛かると、ここから田圃道をまっすぐに行くのだと教えられて、持ってきた小提灯を渡される。その時のことである。

余は其を受取つて、さうですか有難う、と別れようとすると、一寸《ちょっと》待つて下さい、といひながら彼女は四、五間後の方へ走り帰つた。何かわからんので躊躇《ちゅうちょ》してゐるうちに、女は又余の処に戻つて来て提灯を覗《のぞ》きながら其中へ小さき石ころを一つ落し込んだ。さうして、左様なら御機嫌宜《よろ》しう、といふ一語を残したまま、もと来た路を闇の中へ隠れてしまうた。この時の趣、藪のあるやうな野《の》外《はず》れの小路のしかも闇の中に小提灯をさげて居る自分、小提灯の中に小石を入れて居る佳人、余は病床に苦悶して居る今日に至る迄《まで》忘れる事の出来ないのは此時の趣である。

娘が小石を小提灯の中に落としたのは、道中の安全を祈るおまじないの意味ばかりではない。夜道を案内する私の代わりとも受け取れるし、古島よりも子規に好意を寄せていて、できたら私を覚えていてね、という意味を込めたようにも思える。子規は、この後古島と共に日清戦争に従軍し、結局結核を拗《こじ》らせて、恋愛や結婚は無理な体になってしまった。

オチの巧みさ

さて、この小さな恋の物語に、子規はどうオチを付けたのか。品川は大火事があって、仮設営業、すなわち「仮宅《かりたく》」となっていた。

仮宅といふ名がいたく気に入つて、蓆囲《むしろがこ》ひの小屋の中に膝と膝と推し合ふて坐つて居る浮れ女《うかめ》どもを竹の窓より覗いてゐる。古洲の尻に附いてうつかりと佇《たたず》んでゐる此時、我手許《てもと》より燄《ほのお》の立ち上るに驚いてうつむいて見れば、今迄《まで》手に持つて居つた提灯は其蠟燭《ろうそく》が尽きたために、火は提灯に移つてぼうぼうと燃え落ちたのであつた。

品川の遊女なんぞをぼうっと眺めていてはいけませんと、目黒の女が嫉妬の炎を燃やしたかのような、滑稽な結末である。ロマンチックな恋を、現実に引き戻してみせる技は巧みで、滑稽を特徴とする俳句や落語の呼吸である。あの女はどうしているだろうか、もし従軍記者などやらなければ、といった、くどくどとした述懐などきれいさっぱり捨てる、洒脱なセンスこそ、子規の本領なのだろう。

2　病との闘い

大食による闘病

しかし、明治三十四年も後半には、病も勢いを増す。随筆『仰臥漫録』は、生前新聞『日本』には掲載されず、死後公開されたもので、『墨汁一滴』のような古文ではなく、口語体で直叙している。明治三十四年九月二日、糸瓜の絵を描き、俳句十九句を記した後。次のようにメモを残している。

朝　粥四椀、はぜの佃煮、梅干（砂糖漬け）。
昼　粥四椀、鰹のさしみ一人前、南瓜一皿、佃煮。
夕夜　奈良茶飯四椀、なまり節（煮て少し生にても）、茄子一皿。
　この頃食ひ過ぎて食後いつも吐きかへす。
　二時過牛乳一合ココア交て
　　煎餅菓子パンなど十個ばかり。
　昼飯後梨二つ。
　夕飯後梨一つ。

これは明らかな過食で、この後、腹痛と下痢を繰り返している。こうして煎餅・菓子パンの暴食には懲りても、この旺盛な食欲は続く。九月十八日は晴れたが、寒かったらしく湯たんぽを使った。その日のメニューである。

朝　体温三十五度四分。

粥三椀、佃煮、なら漬。

便通及繃《ほう》帯取換。

昼　飯二椀、粥二椀、かじきのさしみ、南瓜、ならづけ、梨一つ。

便通。

牛乳ココア入り、ネジパン形菓子パン半分程度食ふ。堅くてうまからず。因《よっ》てやけ糞になつて羊羹菓子パン塩煎餅などくひ渋茶を呑む。あと苦し。

夕　粥一椀余、煮松魚《にがつお》（少しくう）、佃煮、ならづけ、梅干、煮茄子、葡萄。

夜便通。


こういった具合で、元々甘い物好きだった健啖家の子規は、凄まじい食欲によって、病と闘っていたのである。

自殺の誘惑

そして十月に入ると、痛みの激しさはいよいよ耐え難いものとなる。十三日は大雨の後、晴れたと記す。天気を書きつけるのは日記の習いであると同時に、天気が子規に襲い掛かる痛みを左右するからだろう。折からの大雨は最悪の状況を呼びこんだ。母に電報を依頼して一人になったのは、「自殺熱」がむしょうに頭をもたげたからだった。病床の脇の硯箱には、小刀と錐《きり》があった。しかし、これで自殺は難しい。隣の間には剃刀があるが、這って行くこともできない。

已《や》むなくんば此小刀でものど笛を切断出来ぬことはあるまい。錐で心臓に穴をあけても死ぬるに違ひないが、長く苦しんでは困るから、穴を三つか四つかあけたら、直に死ぬるであらうかと色々に考へて見るが、実は恐ろしさが勝つのでそれと決心することも出来ぬ。死は恐ろしくはないのであるが、苦が恐ろしいのだ。病苦でさへ堪へきれぬに、此上死にそこなふてはと思ふのが恐ろしい。そればかりでない。矢張刃物を見ると底の方から、恐ろしさが湧いて出るやうな心持もする。今日も此小刀を見たときに、むらむらとして恐ろしくなつたからじつと見てゐると、ともかくも此小刀を手に持つて見ようと迄思ふた。よつぽと手で取らうとしたが、いやいや、ここだと思ふてじつとこらえた心の中は取らうと取るまいとの二つが戦つて居る。考へて居る内にしやくりあげて泣き出した。其内母は帰つて来られた。大変早かつたのは車屋迄往かれたきりなのであらう。

子規は、この後、錐と小刀をスケッチし、六年前にピストル自殺した従兄弟で親友の藤野古白の名を挙げて、「古白曰《こはくいわく》来《きたれ》」と書きつけている。古白は、当初子規の俳句仲間であったが、やがて子規から離れ、坪内逍遙らの仲間となり、戯曲を書くも評価されず、前頭部と後頭部の双方をピストルで撃ちぬいた。が、すぐには死ねず、五日後に絶命した。子規が日清戦争従軍のため、広島を発った時であったが、のちに明治三十年、子規は『古白遺稿』を編集している。その中に「古白の墓に詣づ」という新体詩が収められている。

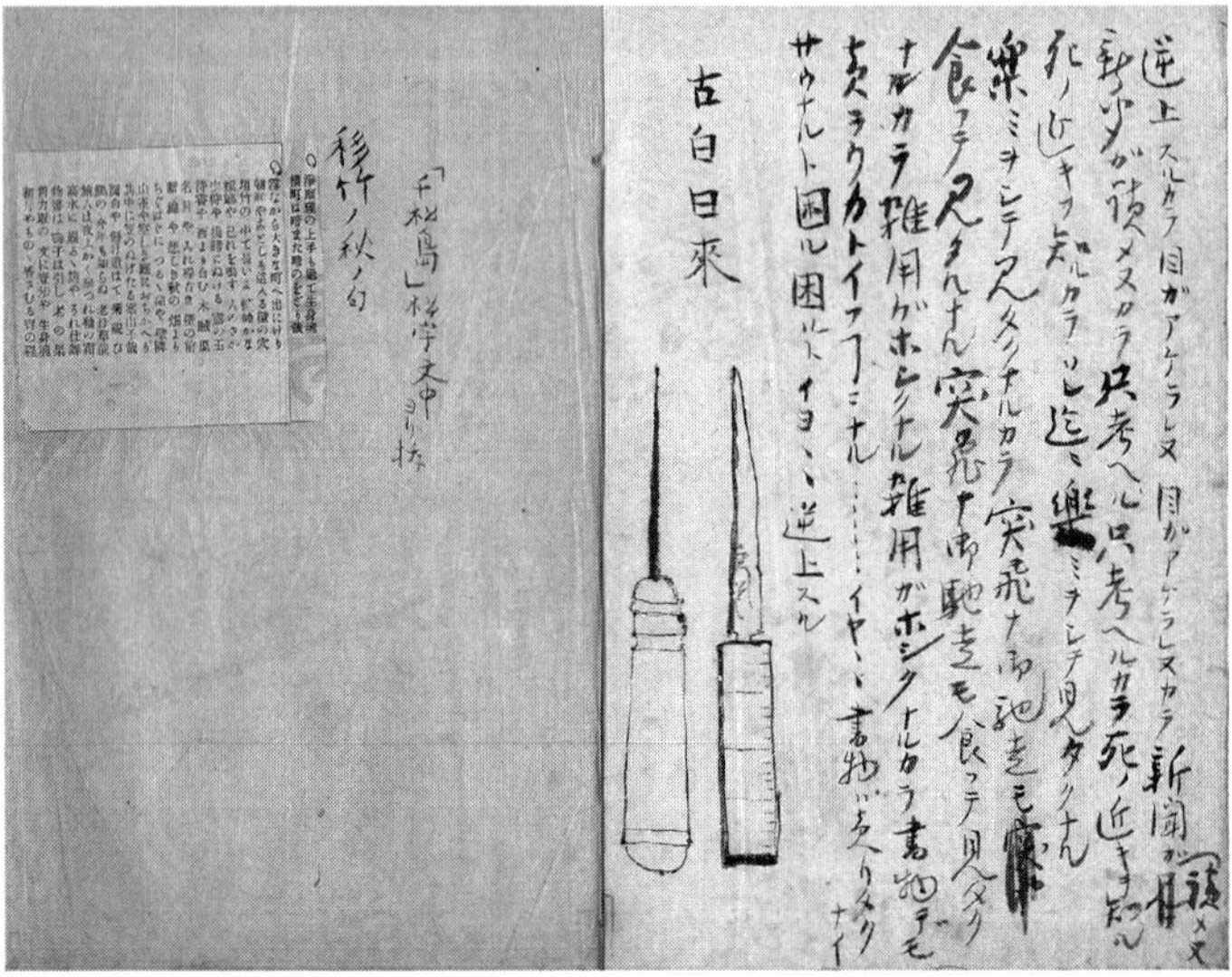

『仰臥漫録』「古白曰来」（公益財団法人虚子記念文学館蔵）

何故汝は世を捨てし
浮世は汝を捨てざるに
我等は汝を捨てざるに
汝は我を捨てにし

こうした冒頭の一連で始まる弔詩は、末尾で残された古白の母の悲しみを詠んで閉じているが、今は自分も病の苦しみに、危うく古白と同じ死の誘惑に駆られて、母を悲しませるところだった、と述懐しているのだった。

友への手紙

月が改まった十一月六日、子規はロンドン留学中の漱石に手紙を送っている。カタカナで記す相手は、同輩後輩でごく親しい人間に限られる。

僕ハモーダメニナツテシマツタ、毎日訳《わけ》モナク号泣シテ居ルヤウナ次第ダ、ソレダカラ新聞雑誌へモ少シモ書カヌ。手紙ハ一切廃止。ソレダカラ御無沙汰シテスマヌ。今夜ハフト思ヒツイテ特別ニ手紙ヲカク。イツカヨコシテクレタ君ノ手紙ハ非常ニ面白カツタ。近来僕ヲ喜バセタ者ノ随一ダ。僕ガ昔カラ西洋ヲ見タガツテ居タノハ君モ知ツテルダロー。ソレガ病人ニナツテシマツタノダカラ残念デタマラナイノダガ、君ノ手紙ヲ見テ西洋へ往タヤウナ気ニナツテ愉快デタマラヌ。若シ書ケルナラ僕ノ目ノ明イテル内ニ今一便ヨコシテクレヌカ（無理ナ注文ダガ）

絵ハガキモ慥《たしか》ニ受取タ。倫敦ノ焼芋ノ味ハドンナカ聞キタイ。

不折ハ今巴理ニ居テコーランノ処へ通フテ居ルサウヂヤ。君ニ逢フタラ鰹節一本贈ルナドトイフテ居タガモーソンナ者ハ食フテシマツテアルマイ。

虚子ハ男子ヲ挙ゲタ。僕ガ年尾トツケテヤツタ。

錬卿死ニ非風死ニ皆僕ヨリ先ニ死ンデシマツタ。

僕ハ迚《とて》モ君ニ再会スルコトハ出来ヌト思フ。万一出来タトシテモ其時ハ話モ出来ナクナツテルデアロー。実ハ僕ハ生キテヰルノガ苦シイノダ。僕ノ日記ニハ「古白曰來」ノ四字ガ特書シテアル処ガアル。

書キタイコトハ多イガ苦シイカラ許シテクレ玉へ。

明治卅四年十一月六日燈下ニ書ス　　東京　子規拜

倫敦ニテ
　漱石　兄

これは漱石への遺書でもある。片仮名書きになるのは仮名書きより筆がとりやすい面もあるのだろう。そこまで子規の体力の消耗は甚だしい。実際手紙を書く体力も気力ももはやそうはない。他方、子規は何よりも、漱石の手紙を欲しがった。地獄のような闘病の中、子規の心の救いとなるのは、過去の記憶を呼び覚まし、子規の想像力を掻き立てる、友の「眼」を通した近況報告であった。しかし、こちらから手紙を書かねば、手紙は来ない。

後半に出てくる「古白曰来」の四文字を記した「日記」とは、他ならぬ『仰臥漫録』のことで、この公開されていない日記の重要な読者として、自分の死後に、自殺熱に侵された自分がどうであったかを伝えるその第一の読み手として、子規は漱石を選んだことになる。

手紙の末尾の「書キタイコトハ多イガ苦シイカラ許シテクレ玉へ」とは、続きは『仰臥漫録』を読んでくれという意味なのだろう。

3　病を楽しむ

中江兆民への批判

子規の病が深刻になってきた、明治三十四年九月二日に出された、民権思想家中江兆民の『一年有半《いちねんゆうはん》』は、初版刊行以後一年にして二十三版、二十余万部発行される大ベストセラーとなっていた。「瀕死の報道」という点では子規のライバルである。兆民が、癌という不治の病に倒れ、迫り来る死との格闘の中で執筆された点が関心を引き、爆発的な売れ行きとなったようだ。しかし、子規は兆民とそれをもてはやすジャーナリズムを批判している。『仰臥漫録』（十月十五日）では、「居士（兆民――引用者注）はまだ美といふ事少しも分らず、それだけ吾等に劣り可申候。理が分ればあきらめつき可申、美が分れば楽み出来可申候。杏を買ふて来て細君と共に食ふは楽みに相違なけれども、どこかに一点の理がひそみ居候」などと述べている。

子規は、兆民の死への対峙の仕方に、「美」がない、「理」があるのみだと言うのである。『仰臥漫録』は公開されていなかったが、子規は、新聞『日本』紙上に、十一月「命のあまり」と題して、三回に渡って『一年有半』論を公表する。その第一回目に「居士（兆民――引用者注）は学問があるだけに、理屈の上から死に対してあきらめをつけることが出来た。今少し生きて居られるなら「あきらめ」以上の域に達せられることが出来るであろう」と結んでいる。

この「「あきらめ」以上の域」を、日々書くことで実行していたのは自分であるという自負が子規にはあった。明治三十五年の『病牀六尺』（七月二十六日）で、改めて子規は兆民について書いている。兆民の死から、既に七ケ月が経っている。「「あきらめ」以上の域」を兆民は知らないと批判したことに、読者から疑義が呈されたことへの回答である。

子規はお灸を据えられた子供を引き合いに出して、あきらめがついて我慢してお灸を据えられるだけでは、ただ「あきらめ」ただけである。お灸をすえられる間も、書物を読んだり、いたずら書きをしたりして「楽しむ」ことを発見した時、「あきらめ」を超えた境地がある、と説く。

兆民居士が『一年有半』を著《あらわ》した所などは死生の問題に就《つい》てはあきらめがついて居つたやうに見えるが、あきらめがついた上で夫《か》の天命を楽しんでといふやうな楽しむといふ域には至らなかつたかと思ふ。居士が病気になつて後頻《しき》りに義太夫を聞いて、義太夫語りの評をして居る処などはややわかりかけたやうであるが、まだ十分にわからぬ処がある。居士をして二、三年も病気の境涯にあらしめたならば今少しは楽しみの境涯にはひる事が出来たかも知らぬ。病気の境涯に処しては、病気を楽しむといふことにならなければ、生きて居ても何の面白味もない。

子規がここでいう、「夫の天命を楽し」む境地とは、儒教の経典の一つ、『易経』の「天を楽しみ、命を知る、故に憂えず」の一節を意識したのであろう。さらに、言えばこうした儒学的「楽」の概念を、より一般に具体化して紹介した書物に儒学者貝原益軒の『楽訓』がある。江戸時代のベストセラーであった益軒本の影響力は、明治半ばに至っても、まだ教養層には残っていたようで、子規の在籍する新聞『日本』とは提携関係にあり、子規も意識したはずの政教社の志賀重昂のベストセラー『日本風景論』（明治二十七年）の扉にも、『楽訓』の一節は引かれ、外なる欲望の刺激による楽しみでなく、内なる楽しみの好例として、風景を愛し、それを詩歌に詠む日本の伝統を賞揚していた。

子規は、こうした先賢の言を意識しながら、病を受け入れつつ、病の中でも楽しんで生きる境地を模索し、得ることができた、と言いたいのである。既に六月二日の記事にはこうある。

余は今まで禅宗の所謂《いわゆる》悟りといふ事を誤解して居た。悟りといふ事は如何なる場合にも平気で死ぬる事かと思つて居たのは間違ひで、悟りといふ事は如何なる場合にも平気で生きて居る事であつた。

こうして、子規の「闘病」の「報道」は、他方で、「病を楽しむ」実践としても機能していったのである。

肉体の災禍をも描き切る

「楽しむ」とは言え、それは子規の肉体の条件が、極小の空間に押し込められた結果のものに過ぎない。子規が亡くなる年となった、明治三十五年五月五日、新聞『日本』に、この最後の随筆『病牀六尺』の第一回が載る。

病牀六尺、これが我世界である。しかもこの六尺の病牀が余には広過ぎるのである。僅《わず》かに手を延ばして畳に触れる事はあるが、蒲団《ふとん》の外へ迄《まで》足を延ばして体をくつろぐ事も出来ない。甚《はなは》だしい時は極端の苦痛に苦しめられて五分も一寸も体の動けない事がある。苦痛、煩悶、号泣、麻痺剤《まひざい》、僅かに一条の活路を死路の内に求めて少しの安楽を貪《むさぼ》る果敢《はか》なさ、それでも生きて居ればいひたい事はいひたいもので、毎日見るものは新聞雑誌に限つて居れど、其さへ読めないで苦しんで居る時も多いが、読めば腹の立つ事、癪《しゃく》にさはる事、たまには何となく嬉しくてために病苦を忘るる様な事がないでもない。年が年中、しかも六年の間世間も知らずに寝て居た病人の感じは先づこんなものです。

文体はもはや『墨汁一滴』のような文語体ではない。口述筆記になったからでもあろう。一メートル八十センチ四方の極小空間に押し込められた苦悶の中にも、わずかな楽しみがあるというのである。もちろん、苦しみの方が圧倒的に多いなかでの、楽しみに過ぎない。モルヒネを打って、それが効いている間はいいが、切れれば堕地獄の苦しみが待っている。

絶叫。号泣。益々絶叫する、益々号泣する。その苦《くるしみ》その痛《いたみ》何とも形容することは出来ない。寧《むし》ろ真の狂人となつてしまへば楽であらうと思ふけれどそれも出来ぬ。若《も》し死ぬることが出来ればそれは何よりも望むところである、併《しか》し死ぬることも出来ねば殺して呉れるものもない。一日の苦しみは夜に入つてやうやう減じ僅かに眠気さした時には其日の苦痛が終ると共にはや翌朝寝起の苦痛が思ひやられる。寝起ほど苦しい時はないのである。誰かこの苦を助けて呉れるものはあるまいか、誰かこの苦を助けて呉れるものはあるまいか。

（六月二十日）

亡くなる五日前まで、この激烈な痛みは子規を苛んだ。

足あり、仁王の足の如し。足あり、他人の足の如し。足あり、大磐石《だいばんじゃく》の如し。僅《わず》かに指頭を以てこの脚頭に触るれば天地震動、草木号叫、女媧氏《じょかし》いまだこの足を断じ去つて、五色の石を作らず。

（九月十四日）

六年近くの寝たきり生活でやせ細った足が、急に腫れて痛み出したのが三日前のことであったが、それは指先が触れるだけで、天地が裂けるほどであった、という。女媧とは、中国神話上の天地創造の女神で、太古の昔、天を支える四方の柱が傾いて、世界が裂け、大地は割れ、火災や洪水が止まず、猛獣どもが人を襲い食う悲惨な有様となった時、五色の石を練り、それで天を補修し、土地を修復し、芦草の灰で洪水を抑えたという（『淮南子』「覧冥訓」）。漢学の教養が根にあった子規は、自分を襲う痛みを、中国の天地創造神話を引いて、最後まで表現者として描ききろうとしたのである。強い意志なしにはできないことである。

こう確認してくれれば、兆民の悟りなど、まだまだ甘い、この苦しみの中で、俺は楽しみも発見しているのだという子規一流の剛毅さが、兆民への批判を生んだことに思い至る。

4 絵の愉楽

漱石に絵を贈る

このような子規が最後に見つけた楽しみが、「絵」であった。子規が絵画の写生に学んで、絵を描き始めるのは、明治三十二年の秋、中村不折から水彩絵の具をもらって描いた秋海棠あたりからである（「画」『ホトトギス』明治三十三年三月号）。子規は、絵の素人である自分が、曲がりなりにも秋海棠と見えるものを描けたのは、写生のおかげであると語っている。この絵は不折や浅井忠のような絵描きにも好評であった（倉田萩郎追悼文『ホトトギス』子規追悼集、明治三十五年十二月号）。

子規の絵は決して上手くはない。漱石もそう評している。明治三十二年六月頃、東菊の絵を描いて寄こした（口絵2頁参照）。花瓶は叔父加藤拓川から贈られたもので、

フランスの一輪ざしや冬の薔薇

と明治三十年冬に詠んだ赤のガラス製のものであったか。子規はこれを宝としており、これに東菊を挿して描いたと思われる。

子規の没後、「子規の画」（『ホトトギス』明治四十四年七月四日号）において漱石は、この絵について、使った色数が少なく、背景の白や表装の藍色もあわせ、寂しくて冷たい心持がするとまず評する。続けて、短歌や俳句は無造作に詠む子規が、おそらくは五、六時間もかけて、肱をついて絵を描いたことを想像して、不折の指示どおり、生真面目に描いた「拙」なる絵だと結論づける。俳句なら平気でやる省略をせず、糞真面目に写し、彩色をした、というのである。

ここで注釈を加えるなら、「拙」、すなわち愚直という言葉は、漱石にとって単純な批判の言葉ではない。むしろ、この愚直さをこそ愛したことは、第六章での虚子の評価のところでも触れた。子規没後、明治三十九年に書いた小説『草枕』には、こうある。

愚直な写生画

木瓜《ぼけ》は面白い花である。枝は頑固で、かつて曲った事がない。そんなら真直《まっすぐ》かと云うと、決して真直でもない。只真直な短かい枝に、真直な短かい枝が、ある角度で衝突して、斜に構えつつ全体が出来上っている。そこへ、紅《べに》だか白だか要領を得ぬ花が安閑と咲く。柔らかい葉さえちらちら着ける。評して見ると木瓜は花のうちで、愚かにして悟ったものであろう。世間には拙を守るという人がある。この人が来世に生れ変ると屹度《きっと》木瓜になる。余も木瓜になりたい。

主人公の画工に託してこうまで言い切っているのである。さて、子規の絵に戻れば、漱石は最後にこう評している。

子規は人間として、又文学者として、最も「拙」の欠乏した男であつた。永年《えいねん》彼と交際をした何《ど》の月にも、何の日にも、余は未だ曾《かつ》て彼の拙を笑い得るの機会を捉《とら》へ得《え》た試《ためし》がない。又彼の拙に惚《ほ》れ込んだ瞬間の場合さえ有《も》たなかつた。彼の没後殆《ほとん》ど十年にならうとする今日、彼のわざわざ余の為に描いた一輪の東菊の中《うち》に、確に此一拙字を認める事の出来たのは、その結果が余をして失笑せしむると、感服せしむるとに論なく、余にとつては多大の興味がある。ただ画が如何《いか》にも淋しい。出来得るならば、子規に此拙な所をもう少し雄大に発揮させて、淋しさの償《つぐない》としたかつた。

子規のように、多才で戦略家で負けず嫌いの男が、死を前に愚直の境地に至ったことを確信した漱石は、俳友らしく余裕を持って笑うとともに、感服もした。ただし、絵の淋しさは、心の淋しさを反映したものに違いなく、子規に余命があるなら、彼らしく「雄大」にさせてやりたかった、というのである。

子規の美術史観

子規の絵に萌した「拙」は、ひとり絵に留まらず、彼の文学・芸術に対する結論になっていった。まず、彼の美術史観から確認しよう。前章でも引いたが、『病牀六尺』（六月二十六日）にはこうある。

写生といふ事は、画を画くにも、記事文を書く上にも極めて必要なもので、この手段によらなくては画も記事文も全く出来ないといふてもよい位である。これは早くより西洋では、用ひられて居つた手段であるが、併《しか》し昔の写生は不完全な写生であつた為めに、此頃は更らに進歩して一層精密な手段を取るやうになつて居る。然《しか》るに日本では昔から写生といふ事を甚だおろそかに見て居つたために、画の発達を妨げ、又た文章も歌も総ての事が皆な進歩しなかつたのである。

子規は日本画について語っているのだが、これは「写生」という一点において俳句・短歌・写生文とパラレルの議論であった。ここで言う「写生」とは、既に述べて来たように、洋画を意識した概念である。

子規はまた、「写生」の対概念として、「理想」の語を批判の対象として槍玉に挙げていた。「理想」という言葉もまた、文学と絵画の双方において、明治二十年代後半から三十年代、問題となっていた言葉だった。「理想」は当初、没理想論争によって文学上の議論となった言葉だったが、美術界に飛び火し、「理想画」とは、眼前にあるものでなく、歴史・神話・寓意など想像上の主題を表出した絵画を指して言う言葉になっていた。子規はそうした行き方に反対だったのである。

近代日本画の成立と、学問としての日本美術史の成立に決定的な影響を与えたフェノロサは、特に日本画の「idea」＝「妙想」は西欧に劣るものではないとしていた（『美術真説』）。これが絵画に「理想」の問題を持ち込む源流だったと言っていい。

これに対して子規は、「理想」を意図的に表出したものよりも、天然自然の「写生」の中ににじみ出る、平淡な表現の中の深い滋味に軍配を挙げていた。「写生」の対象が天然自然であることで、子規は叙事・叙情に加えて、「叙景」という分野に、日本の芸術の一大特徴を見ていた点が、その主張の特色であった（『病牀六尺』五月八日）。

子規は、西欧において風景への着目は、子規から二百年前のオランダに発するとし、日本においても、山水への着目は南画の影響を受けた中世以来のことであり、風景画の歴史が比較的新しいのは洋の東西を問わないことから語り始める。山水画は大きな景を描き、洋画の風景画はそれにくらべて比較的小さな景を描くので細密な写生をしていたが、最近では省略を施した写生に変化していることを指摘して、「堅い趣味から柔い趣味に移り厳格な趣味から軽快な趣味に移つて行くのは今日の世界の大勢であつて、必ずしも画の上ばかりで無く、又必ずしも西洋ばかりに限つた事でも無い様である」と結論づけている。これは、フェノロサにも影響与えた、帝国海軍の御雇外国人で医者だった、ウィリアム・アンダーソンの日本美術史観の影響を受けたものだった。

写生の古典性と先見性

端的に言えば、江戸中期の円山応挙によって、速写のスケッチが日本では生まれたが、まだ技法的には洋画の写生に比べ、彩色や光と影の描き方の点で劣っており、空想的な歴史画を描くよりも、一見愚直な写生画の方が、将来性があると見ていた。この見取り図のもとに、前章でも引いた「写生」論があったのである。

> 之（理想画――引用者注）に反して写生といふ事は、天然を写すのであるから、天然の趣味が変化して居るだけ其れだけ、写生文写生画の趣味も変化し得るのである。写生の作を見ると、一寸《ちょっと》浅薄の

やうに見えても、深く味へば味はふ程変化が多く趣味が深い。写生の弊害を言へば、勿論いろいろの弊害もあるであらうけれど、今日実際に当てはめて見ても、理想の弊害ほど甚だしくないやうに思ふ。理想といふやつは一呼吸に屋根の上に飛び上らうとして却《かえ》つて池の中に落ち込むやうな事が多い。写生は平淡である代りに、さる仕損ひは無いのである。さうして平淡の中に至味を寓するものに至つては、その妙実に言ふ可からざるものがある。(『病牀六尺』六月二十六日)

法政大学図書館に残る子規の旧蔵書の中には、当時日本画の中で、飛び抜けて写生に成功し、その卓越した技術と品格のある花鳥画で、欧米から高く評価されていた渡辺省亭の編になる雑誌『美術世界』が確認できる。この雑誌こそは、理想画を主軸に訴えてゆく、岡倉天心らが主導する雑誌『国華』に対抗すべく、江戸以来の技芸を新しい雑誌メディアで試みるものだった。省亭は後に、虚子や鳴雪と俳句をたしなんだらしく、彼の葬儀はこの二人の俳人によって執り行われ、省亭の息子水巴は、虚子門下の俳人として羽ばたいてゆく。

二十一世紀初頭の今日、日本神話を主題に大画面に「理想」を描いた明治の「日本画」の主流よりも、省亭の花鳥画の方が、遙かに「生きた」絵として評価されていることから推して、最晩年の子規が病床で見通していた、日本の文化・芸術の将来像は、かなり透徹したものだったと言っていいのかも知れない。

この他にも『病牀六尺』には、絵画に関する記事が目立つ。特に応挙以降の四条派、渡辺南岳・上田公長、それに近い河村文鳳らを省略の観点から評価していた。

『公長略画』（上田公長編――引用者注）といふ本を見ると、非常に簡単なる趣向を以つて、手軽い心持のよい趣味をあらはしてゐるのが多い。例へば三、四寸角の中へ稲の苗でもあらうかと言ふやうな青い草を大きく一ぱいに書いて、その中に蛙が一匹坐つて居る、何でもないやうであるが、青い色の中に黒い蛙が一匹、何となくよい感じがする。あるいは水を唯《た》だ青く塗つて其の中へ蛙が今飛び込んだといふ処が画いてある、蛙の足は三本丈《だ》け明瞭に見えるが一本の足と頭の所は見えて居らん、これも平凡な趣向であるけれど、青い水と黒い蛙とばかりを書いた所は矢張《やはり》前の画と同じやうに極めて小さい心持のよい趣味に富んで居る。其外、蓮《はす》の葉を一枚緑に書いて、傍《かたわ》らに仰いで居る鷺《さぎ》と俯《うつむ》いて居る鷺と二つ書いてあるが如きは、複雑なものを簡短にあらはした手段がうまいのであるが、簡単に書いたために、色の配合、線の配合など直接に見えて、密画よりは却《かえ》つて其趣味がよくあらはれて居る。

子規の日本画評価は、省略の利いた軽妙な写生に光を当てることで、ウィリアム・アンダーソンが取り上げなかった画家に焦点を当てた点が、新生面であった。

晩年の絵と俳句

なお、この軽妙で省略の利いた写生については、子規の俳句に通じる。子規の色を詠んだ句は習作の段階では、こなれない形の、色と色を意識的に対比した句が

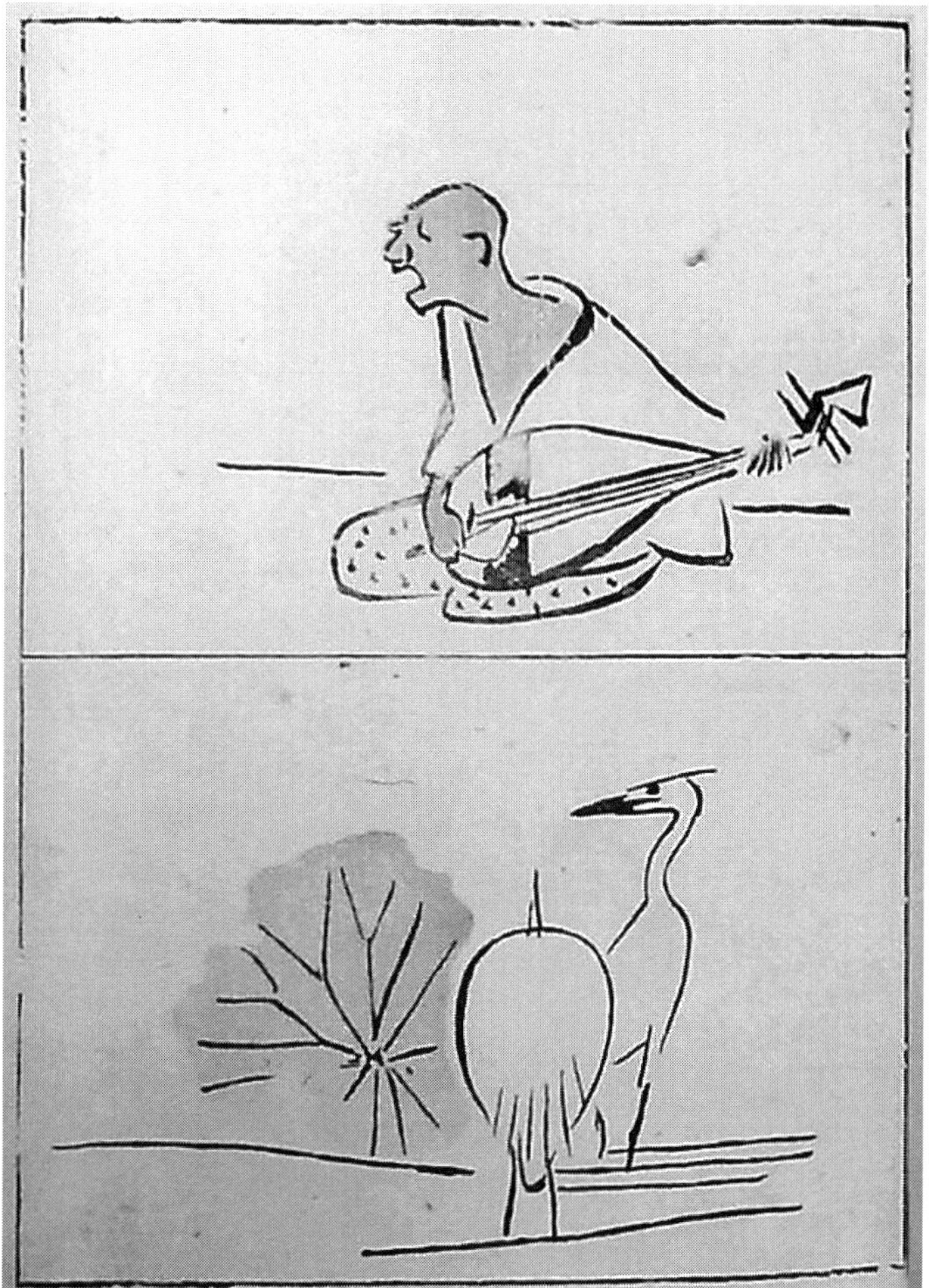

『公長略画』（法政大学図書館子規文庫蔵）

多く見出せるが、明治二十九年あたりから、子規らしい視覚を主題にした句が現れ始めることは既に述べた。明治三十五年の次の句などは、眼前の果物をどう描こうかと絵の具を選ぶ、画家の視線そのものと言っていい。

黒キマデニ紫深キ葡萄カナ

子規句の特徴に、視覚が前景化した、絵のような印象明瞭な句が多いとはよく言われることである。ただし、言語芸術である俳句は視覚の表現力に関して言えば、当然絵に劣る。自身絵筆をとった子規は、むしろ、俳句では、色を暗示して言表しないことで、逆に視覚の記憶を刺激する方法を意図的にやっていたようだ。

朝皃《あさがお》ヤ絵ノ具ニジンデ絵ヲナサズ

明治三十四年のこの句は、朝顔一輪を描いた周囲に書きつけられた四句のうちの一つである（口絵4頁参照）。絵の具のにじむのに苦心する様を詠むことで、逆に朝顔の色の健気な美しさが浮かんでくる。漱石のいう子規の俳句の省略は、絵を愚直に描くことで改めて確認できたことだろう。

5　末　期

娘同様に愛する絵

子規が亡くなる二十日前の、八月三十一日の『病牀六尺』の記事を見ておこう。

予が所望《しょもう》したる南岳《なんがく》の艸花絵巻《そうかえまき》は今は予の物となつて、枕元に置かれて居る。朝に夕に、日に幾度となくあけては、見るのが何よりの楽しみで、ために命の延びるやうな心地がする。其筆つきの軽妙にして自在なる事は、殆《ほとんど》ど古今独歩《ここんどっぽ》といふてもよからう。これが人物画であつたならば、如何《いか》によく出来て居つても、予は所望もしなかつたらう、また朝夕あけて見る事も無いであらう。それが予の命の次に置いて居る草花の画であつたために、一見して惚れてしまふたのである。兎《と》に角《かく》、この大事な画巻を特に予のために割愛せられたる澄道和尚の好意を謝するのである。

子規は、応挙の高弟だった渡辺南岳の「四季草花図巻」を、「渡辺さんのお嬢さん」と呼んでほれ込み、現東京都江戸川区の、通称平井聖天、燈明寺の二十六代住職、関澄道を通じて所有者に譲ってくれるよう懇願した。一旦は断られたものの、子規没後に返却することを条件に澄道らが借り受け、子規には快く譲渡されたと告げられたもので、現在東京藝術大学の所蔵となっている。

そういう事情を知らない子規は、この画を明け暮れ眺めて命が延びる思いがすると、澄道に感謝を述べているが、注目されるのは、「筆付きの軽妙にして自在なる」点が子規の執心の理由だったことである。この絵は、ちょうどこの頃子規が描いていた『草花帖』に酷似している。短い子規の生涯の最後の境地が、軽妙な写生にあったことを如実に語るエピソードではないかと思う。

最後まで描く

子規の最後の写生画は、『菓物帖』（明治三十五年六月二十七日～八月六日）、『草花帖』（同年八月一日～二十日）、『玩具帖』（同年八月二十二日～九月二日）、それに『仰臥漫録二』（九月三日）である。先に紹介したように、子規はこの時期、モルヒネが切れれば、阿鼻叫喚の痛苦に襲われていた。その中で、子規は精細に色を重ねて対象を物にしようと、あくまで愚直に描いた。これらの画帖は、完成すれば月日を書き入れることを子規は忘れなかった。一つ一つ、命を刻み付けていくような感覚である。

なかでも、子規が夢中になったのは彩色である。『病牀苦語』（『ホトトギス』明治三十五年五月号）にこうある。

勿論寝て居ての仕事であるから一寸以上の線を思うやうに引くことさへ出来ぬので、其拙《つた》なさ加減は言ふ迄《まで》もないが、ただ絵具をなすりつけていろいろな色を出して見ることが非常に愉快なので、何か枕元に置けるような、小さな色の美しい材料があればよいがと思ふて、それ許《ばかり》探して居つた。所が去年以来は苦痛が劇《はげ》しく其上に身体が自由に動かんので殆《ほとん》ど絵をかくことも出来ず、よき材料があつた時などは非常に不愉快を感じて居た。近頃になつては身体の動きのとれない事は段々甚しくなるが、稍《やや》局部の疼痛《とうつう》を感ずることが少くなつたので、復《ま》た例の写生をして見やうかと思ひついてふとそこにあつた蔓草《つるくさ》の花（この花の本名は知らぬが予の郷里では子供などがタテタテコンポと呼ぶ花である）を書いて見た。それは例の如く板の上に紙を張りつけて置いてモデルの花は其の板と共に手に持つて居るので、其苦しいことはいふ迄もないが、痲痺剤を飲んで痛みが減じて居る時に殆ど仰向《あおむ》になつて辛《かろ》うじて書いて見たのである。二、三年前でさえ線がゆがんだり形が曲つたりとても自由には書けなかつたものが、今となつては一層甚しいので、絵具を十分に調和するひまさえなく、少しの間に息せき息せき書いて仕舞ふたのであるから、其拙《つた》ないことはいふ迄もない。けれども出来上つて見ると巧拙に関《かかわ》らず何だか嬉しいので、翌日もまた痲痺剤の力をかりてそれに二、三輪の山吹と二輪の椿とを幷《なら》べて書き添へ、一枚の紙をとうとう書き塞《ふさ》げて仕舞ふた。さうして

赤椿黄色山吹紫ニムレテ咲ケルハタテタテノ花

という一首の歌を書き、其横に年月を書き、それで出来上つた

子規にとって絵は、天然の色に魅せられ、それをわが物にしていく楽しみがあり、それが生きる事そのものとなっていた。もはや最晩年には肘をついて俯きになることもかなわず、仰向きで引力と戦いながら、わずかな麻酔薬の効いている間に、律儀に描き続けられていったのである。子規は、特に生命力を感じさせる「赤」が昔から好きだったが、その鮮やかな生命力の再現と伝達こそ、詩人とし

て子規の一生を貫くものだったとも言えよう。

九月三日を最後に、子規は絵筆をとることも、かなわなくなった。足の腫れと共に襲い来る激痛は、先に紹介した通りである。いつまで書き続けらるかもわからず始めた『病牀六尺』も、八月二十日で百回を迎えて喜んでいたが、それからひと月に満たない九月十七日で途切れた。ここからは、碧梧桐の「君が絶筆」と虚子の「君が終焉の記」が詳しい。共に子規が亡くなって二ケ月後に刊行された『子規言行録』に収められている。

絶筆三句の証言

絶筆三句の碧梧桐の描写は細大漏らさぬものである。十八日午前十時、いよいよ容体が悪いと聞いて碧梧桐がまず駆けつける。子規の言明で虚子も電話で呼び出されるが、まだ来ない。妹律は、墨をすって、仰向けで絵を書くために使ってきた画板を用意し、細筆に充分墨を含ませて子規に渡すと、子規が左手で画板を持ち、上は律が持って次の三句を書いた。

糸瓜咲て痰のつまりし佛《ほとけ》かな

痰一斗糸瓜の水も間にあはず

をととひのへちまの水も取らざりき

まず中央に「糸瓜咲て」の句を書き出すが、「咲て」のところで墨がかすれたので、墨継ぎをして律が渡すと、「痰のつまりし」と書いて、また墨を継ぎ、「佛かな」と書いたところで、碧梧桐も絶筆

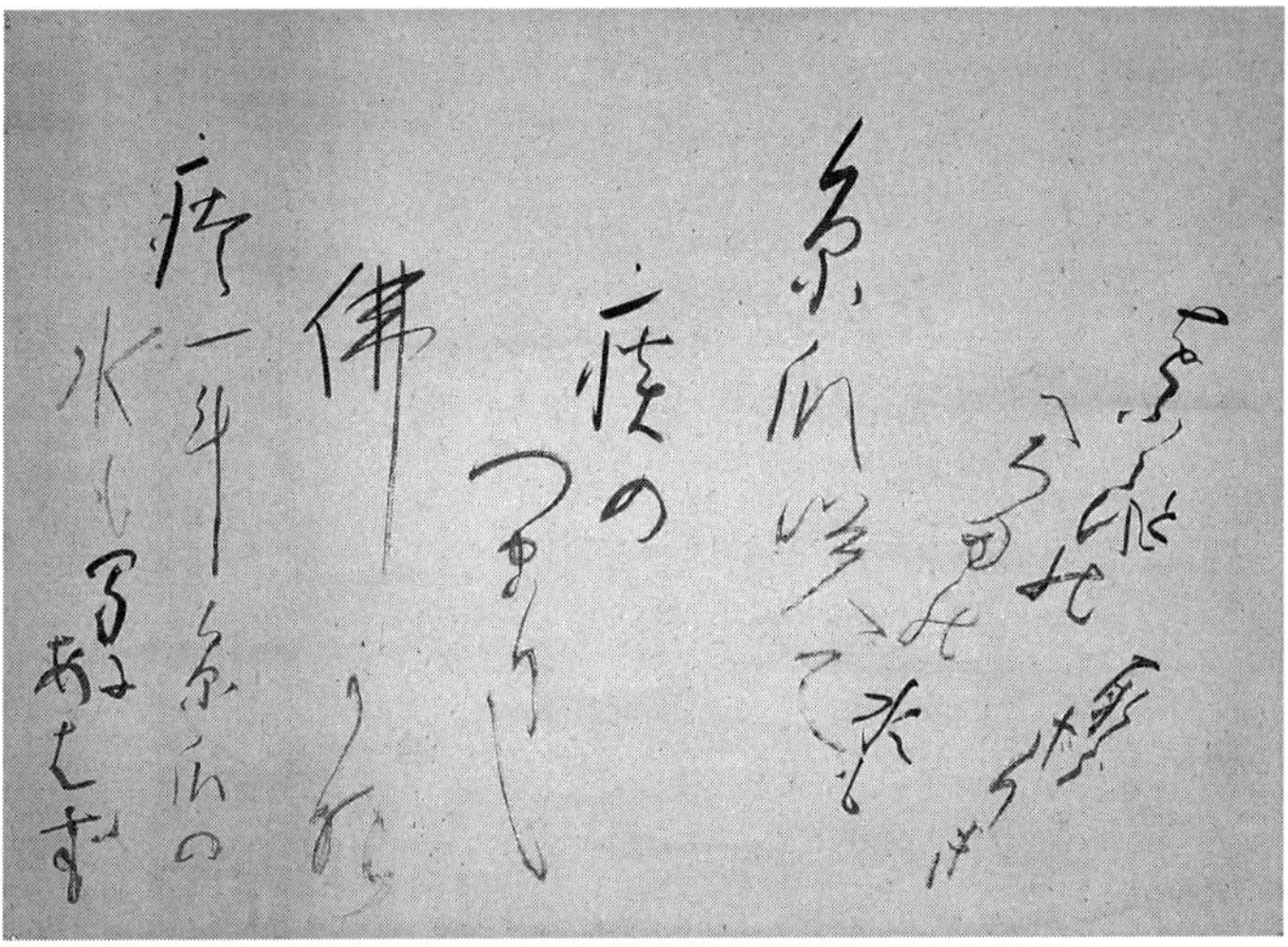

『絶筆三句』（国立国会図書館蔵）

を意識して衝撃を受ける。書き終わって筆を投げ捨てた子規は、痰が切れずに苦しむ。普段なら痰壺に自ら吐くのだが、それもできないほど息があがって、紙にこれを吐く。四、五分すると子規自身がまた画板を手繰り寄せ、「糸瓜咲て」の句の左に、「痰一斗」の句を書き出し、「水も」まで書いたところで、墨を継いで「間にあはず」と書きとめ、また投げるように筆を置いた。

さらに四、五分すると、三度画板を律に持たせたので、碧梧桐もどきどきしながら、子規に筆を渡す。いずれも子規は無言である。

右に「をととひの」の句を書き始めるが、最初「をふらひの」と見えたので、「ふ」の字の右に、「と」を書き加えた。もはや筆を操る力もそう残ってはいなかったのである。筆はやや右に流れて、今度も投げ捨てられ、寝床に少し墨が付いた。文字通り最後の力を振り絞った絶筆である。

愚なる糸瓜に託して　死にゆく自己を「佛」と突き放す最初の句は、鄙《ひな》びてはいるが明るい糸瓜の花の餞《はなむけ》によって、自ら死化粧する感も漂う。ただし、虚子の証言によれば、九月十四日朝、十本ほどの糸瓜が皆痩せて棚の上まで届かず、花は二、三輪であった、という（「九月十四日の朝」）。

喉に効くとされた九月十六日（旧暦では仲秋の名月の日、八月十五日に当たる）の糸瓜の水が取れるまでには至らなかった。二句目も、自身の病の苦しみを「痰一斗」と誇大に可視化しつつ、そこに剽軽な形状の「糸瓜」をきかせる点、笑いがある。三句目はこれを受けて、糸瓜の水は「をととひの」旧暦十五日に薬効があるとされるが、それさえも取れず、旧暦の八月十七日（新暦九月十八日）を迎えてこの句を作った、ということになる。

「も」は「さえも」の意味にとってこそ、生への執着を言い表すことになるか。そうとることで、「取らざりき」の言い切りからは、対照的な「これで終わりだ」という強い主観も響いてくる。「糸瓜」へのこだわりは、「愚」を連想させるその実の形状と、花の鄙びた美しさから考えて、子規の境地を考慮することも可能だろう。漱石が子規の東菊の絵を見て、子規晩年の境地が「拙」であったと見抜いたことと符牒が合う。

さらに言えば、この三句で大事なことは、子規自身が言葉の「おくりびと」となって、俳句らしい客観と滑稽を以て示してくれた、死そのものへの確かな、しかし優しい「まなざし」なのだ、と思えてならない。

『仰臥漫録』「糸瓜」（公益財団法人虚子記念文学館蔵）

子規は喀血の当初から、自分の病を客観的に、時には笑いのニュアンスさえ込めて描いてきた。それには子規一流の強がりもあるだろう。しかし、視野を広く持てば、こうも反問することができる。

現代に深刻な病を笑ってみせることはまずない。むしろ、笑いにしてはいけない雰囲気が強い。ところが、子規の時代、いや子規は、この人生の一大事を、なぜかくも明るく笑ってみせることができたのだろうか。

近代は、人間を神に近い存在まで引き上げて、理性を求め、人権を確立した。したがって、その命は唯一無二のかけがえのないものとなる。しかし、子規の「腹」の中にあった、江戸の感覚はそうではない。彼らにとって、人は鳥や虫と変わりない生き物に過ぎないから、そこに多少のふぞろいがあるのは当然で、お互いを理想的な、あるいは守られるべき、かけがえのないものなどと見なす感覚はなかった。世界に一つだけのかけがえのない自分などなく、「お互い様」の感覚で卑近な自分たちを笑うことも許されたのである。いやその「笑い」こそが、生命の賛歌にも転じ、共に生きる希望の根源にもなったのであろう。

月明の臨終

遅れてやってきた虚子の証言によれば、子規は午後五時目覚めるも、苦しむので最後のモルヒネを飲ませてもらう。やがて宮本医師が注射を打って昏睡する。午後八時に再び目覚め水を飲む。「だれだれが来て居でるのぞな」と聞いて、律が「寒川（鼠骨——引用者注）さんに清（虚子——引用者注）さんにお静さん」と答えた後、また眠りに落ちた。

子規の昏睡は続き、母八重と律は蚊帳を吊った。子規は「うーんうーん」と唸るばかりである。明けて十九日未明、律が眼を覚まして八重を呼び起こし、子規の額に手を当てて、「のぼさん、のぼさん」と連呼するが、既に子規の手は冷たくなっていた。午前一時のことである。

碧梧桐は、四、五日は持つという医師の言葉を信じて一旦帰っていた。その碧梧桐に知らせに行くべく、外に出て根岸の空を見上げた虚子の眼には、旧暦で言えば十月仲秋十七日の夜の月が、煌々と空を照らしていた。満月から二日遅れではあるが、「一点の翳《かげり》も無く恐ろしき許《ばか》りに明か」だった、という。

子規逝くや十七日の月明に　　虚子

終　章　遺産が生む新たな遺産

秋山の告別

子規が亡くなった時、旧友秋山真之は横須賀の海軍大学校にいた。この年の正月には日英同盟が締結され、一年半後に起こる日露戦争を意識しながら、艦隊参謀の養成に務めていた。アメリカ留学で海軍戦略の世界的権威マハンに学んだ成果を生かしながら、兵学研究に余念のない日々だった。

子規は、五年前の明治三十年六月、アメリカ留学の前に、送別の句を送っている。死の病に臥す子規と、洋行して日本の海軍戦術の屋台骨を背負おうとする秋山には、明暗がはっきりある。子規の送別の句は、その「暗」を隠すことがなかった。

君を送りて思ふことあり蚊帳に泣く　　子規

秋山真之
（国立国会図書館蔵）

夏の子規の病床は、蚊帳の中に筆も墨も尿瓶も同居する、押し込められたものだった。蚊帳は、しばしば江戸時代の幽霊画に登場する。その蚊帳を使って寝たきりの自分を、半ば幽霊に等しいと自ら描いてみせる子規には、俳人の業を感じないわけにいかないが、洋行をしたくてたまらなかった子規の涙は嘘ではない。

それでも、子規一流の意気軒高なところは失わず、虚子は、

さて「秋山は早晩何かやるわい」という事は子規君の深く信じて居られた事で、大きく言えば天下の英雄は吾子と余のみ、といったような心地もほの見えて居った。

（「正岡子規と秋山参謀」「ホトトギス」明治三十八年七月号）

と証言していて、この古い友人の活躍を信じ、自分も負けまいとする気分でいた、という。秋山も帰朝してから子規を訪ねている。

子規の葬儀は、予想外に人が集まった。死の二ケ月後に刊行された『子規言行録』では、出版の経緯に触れ、版元の吉川半七（吉川弘文館の初代）が、子規は立志伝中の人であると同僚の古島一雄に言って、この追悼文集の出版を勧めた、という（『子規言行録』「緒言」）。新聞『日本』に連載された子規

の闘病日誌が、子規を有名にしていたのである。

棺が家を出て間もなく、「袴を裾短に穿いて大きなステッキを握」った秋山は、「スタスタ徒歩して来られて路傍に立ちどまって棺に一礼」した。それから棺は田端の大龍寺に行ってしまったが、虚子が後で聞いたところでは、秋山は正岡の家へ行って焼香をして帰った、という（「正岡子規と秋山参謀」）。死が身近にある軍人らしい、淡泊な別れである。

秋山はかつて子規と競った文章の才で、日本海海戦当日、「本日天気晴朗ナレドモ波高シ」と実に簡明な表現で、これから臨む状況を描いてみせた。秋山は、自身まとめた『海軍戦務』の中で、最少の言葉で的確な意思伝達をすべきという項目をわざわざ挙げているほとで、こういう表現への志向は、子規が俳句とは簡にして強い表現にあるのだ、としたのと不思議に符合する。

漱石の後悔

その四年後、漱石は小説家としての名声を得ていた。明治三十六年、ロンドンから帰った漱石は、東京帝国大学の英文学の教授となるが、講義も上手くいかず、神経衰弱となって、妻鏡子とも二ケ月別居している。明治三十七年の暮、気晴らしの意味もあって、虚子の勧めで「猫」という文章を書き、『ホトトギス』の写生文会「山会」で自らこれを朗読して、ようやく笑うことができた。翌年正月、『ホトトギス』に読み切りとして掲載されて好評を博し、連載されることで『ホトトギス』は部数を伸ばした。これが小説家漱石の処女作『吾輩は猫である』である。翌明治三十九年十月、単行本化する『吾輩は猫である』の中編序文で、漱石は子規を思い出して、こう書き出す。

そこで序をかくときに不図《ふと》思ひ出した事がある。余が倫敦《ロンドン》に居るとき、忘友子規の病を慰める為め、当時彼地《かのち》の模様をかいて遙々《はるばる》と二三回長い消息をした。無聊《ぶりょう》に苦んで居た子規は余の書翰《しょかん》を見て大に面白かつたと見えて、多忙の所を気の毒だが、もう一度何か書いてくれまいかとの依頼をよこした。此時子規は余程《よほど》の重体で、手紙の文句も頗《すこぶ》る悲酸《ひさん》であつたから、情誼《じょうぎ》上何か認《したた》めてやりたいとは思つたものの、こちらも遊んで居る身分ではなし、さう面白い種をあさつてあるく様な閑日月もなかつたから、つい其儘《そのまま》にして居るうちに子規は死んで仕舞《しま》つた。

漱石は手紙を寄こしてほしいと乞うてきた子規に、結局答えてやらなかった。先に紹介した、子規の最後の手紙を全文掲載した後、子規の筆力は瀕死の病人とは思えない程しっかりしており、この手紙を読むたびに、「何だか故人に対して済まぬ事をしたやうな気がする」と悔やんでいる。「忙がしいから許してくれ玉へと云う余の返事には少々の」言訳が潜んでいて、子規は自分からの手紙を待ち暮らしながら、その甲斐もなく息を引き取ってしまった、と繰り返す。漱石の筆は一転笑いに転じ、姉崎正治ら留学組がドイツで活躍しているのに、漱石はロンドンの田舎に引きこもっている、と悪口を書いたりする（『墨汁一滴』）子規を、「にくい男」だと言いつつ、そういう強気の子規が、「書きたいことは多いが、苦しいから許してくれ玉へ」などと書いてくると、とても可哀そうだ。それなのに自分は、子規に対して、彼のつらさを晴らしてやらないうちに、「とうとう彼を殺して仕舞《しま》った」とまで懺悔する。

四年後の弔辞

つまり、作家として立ち始めたこの時、漱石は子規の生々しい懇願の手紙を公開することで、自分を罰していた。あの世にいる子規に、遅まきながら返信をした、とも言える。

子規がいきて居たら「猫」を読んで何と云うか知らぬ。或《あるい》は倫敦消息は読みたいが「猫」は御免《ごめん》だと逃げるかも分らない。然し「猫」は余を有名にした第一の作物である。有名になった事が左程《さほど》の自慢にはならぬが、墨汁一滴のうちで暗に余を激励した故人に対しては、此作を地下に寄するのが或は恰好《かっこう》かも知れぬ。季子は剣を墓にかけて、故人の意に酬《むく》いたと云うから、余も亦《また》「猫」を碣《けっ》頭《とう》に献じて、往日の気の毒を五年後の今日に晴さうと思う。

ロンドンでくすぶっているという子規の悪口を自分への叱咤激励と心得て、子規は嫌がるかもしれないが、『吾輩は猫である』を子規への手紙代わりに、その心の慰めにしよう、と言う。「季子は剣を墓にかけて」とは、『史記』呉太伯世家を出典とし、『十八史略』や『蒙求』にも載る中国の故事で、徐の王様が生前、季子の名刀を欲しがったが、あいにく季子は役目の旅の途中で、これを渡さず、帰りに立ち寄ると、徐王は死んでおり、それでも墓に名刀をかけて献上したという話である。「碣頭」とは、墓碑銘を意味する。漱石には、

春寒し墓に懸けたる季子の剣

という句もある。『吾輩は猫である』は、季子の剣にも匹敵する宝だという自信をのぞかせている。

さらに、漱石はこう続ける。

子規は死ぬ時に糸瓜《へちま》の句を咏《よ》んで死んだ男である。だから世人は子規の忌日を糸瓜忌と称え、子規自身の事を糸瓜仏となづけて居る。余が十余年前子規と共に俳句を作った時に

長けれど何の糸瓜とさがりけり

という句をふらふらと得た事がある。糸瓜に縁があるから「猫」と共に併《あわ》せて地下に捧げる。

漱石は人も知る、子規の絶筆三句に言及する。子規による、自身の闘病生活の新聞紙上でのレポートは、ことのほか評判となり、絶筆三句にちなんで子規の忌日は、糸瓜忌と称して季語になっていた。

一方、明治二十九年作の「長けれど」の句の「何の糸瓜」とは、「何の糸瓜の皮」という江戸弁の決まり文句で、「糸瓜のようにつまならいもの程に少しも」という意味である。確かに「糸瓜」は、いかにも愚かな恰好をしているが、見ようによれば、大きくてふてぶてしい。

その糸瓜と『吾輩は猫である』にも縁があるというのは、主人公で漱石自身を当て込んだ苦沙弥先生らを、「糸瓜」のような太平の逸民と猫に言わせてみたり（第二話）、苦沙弥の元教え子の寒月を「糸瓜が戸惑いをしたやうな顔」と評したりしている（第四話）ことを踏まえているのだろう。要するに、子規の絶筆の滑稽も、『吾輩は猫である』のそれも、縁つづきだと言いたいのである。ずいぶん砕けた文章だが、『吾輩は猫である』は、子規との滑稽を含んだ交際の中から生まれたものだ、と言いたいらしい。俺が作家になっちまったのは、お前のせいだといった口調である。漱石はこうふざけて書くことが、自分の死を糸瓜に託して亡くなっていった子規への、何よりの供養だと思っていたに相違ない。

爽やかな笑いが繋ぐ友情

作家として立ち始めた漱石は最後に、こう結んでいる。その意中には子規を思い出すことで次へ進もうというものがあったようだ。

どつしりと尻を据《す》えたる南瓜《かぼちゃ》かな

と云う句も其頃作つたやうだ。同じく瓜と云ふ字のつく所を以て見ると南瓜も糸瓜も親類の間柄《あいだがら》だろう。親類付合のある南瓜の句を糸瓜仏に奉納するのに別段の不思議もない筈《はず》だ。そこで序《ついで》ながら此句も霊前に献上する事にした。子規は今どこにどうして居るか知らない。恐らくは据《す》ゑるべき尻がないので落付をとる機会に窮してゐるだろう。余は未《いま》だに尻を持つて居る。どうせ持つているものだから、先《ま》づどつしりと、おろして、さう人の思はく通り急には動かない積《つも》りである。然し子規は又例の如く尻持たぬわが身につまされて、遠くから余の事を心配するといけないから、亡友に安心をさせる為め一言断つて置く。

南瓜も愚なる形状という点では糸瓜と同様で、案の定「瓜」の字が通じているとにこじつけて、ついでに南瓜の句も墓に手向けることにしたと戯れた後、自分はしばらく「南瓜」になって尻を落ち着けて、人の思惑通りには生きないつもりだ、などと宣言している。

漱石は、翌明治四十年二月には、東京帝国大学をすっぱり辞めて、朝日新聞に入社、純然たる小説家の道に入る。既にこの序文を書いている時には、『坊っちゃん』や『草枕』を世に問うて、評判もよく、自信もできていた。子規は「尻」のない「糸瓜」だから、自分の身に引きつけて、漱石のことを心配するだろうが、これからはそう心配せずともよいと、あの世の子規に断って一文を終えている。

こんな風に子規と漱石の交際には、日本文学史上稀に見る、爽やかさが付いて回る。文学者などという生き物は、曲者揃いでプライドも高いのが通り相場であるから、こんな関係は、空前絶後と言っていい。

のみならず、二人の友情と、互いの切磋琢磨は、短歌・俳句、あるいは散文・小説において、今日にも残る大きな遺産を作りあげていったわけだから、二人の間に、「季子の剣」は確かにあったと見てよい。考えてもみてほしい。子規がいなければ、短歌・俳句を今日のように多くの人が、今のよう

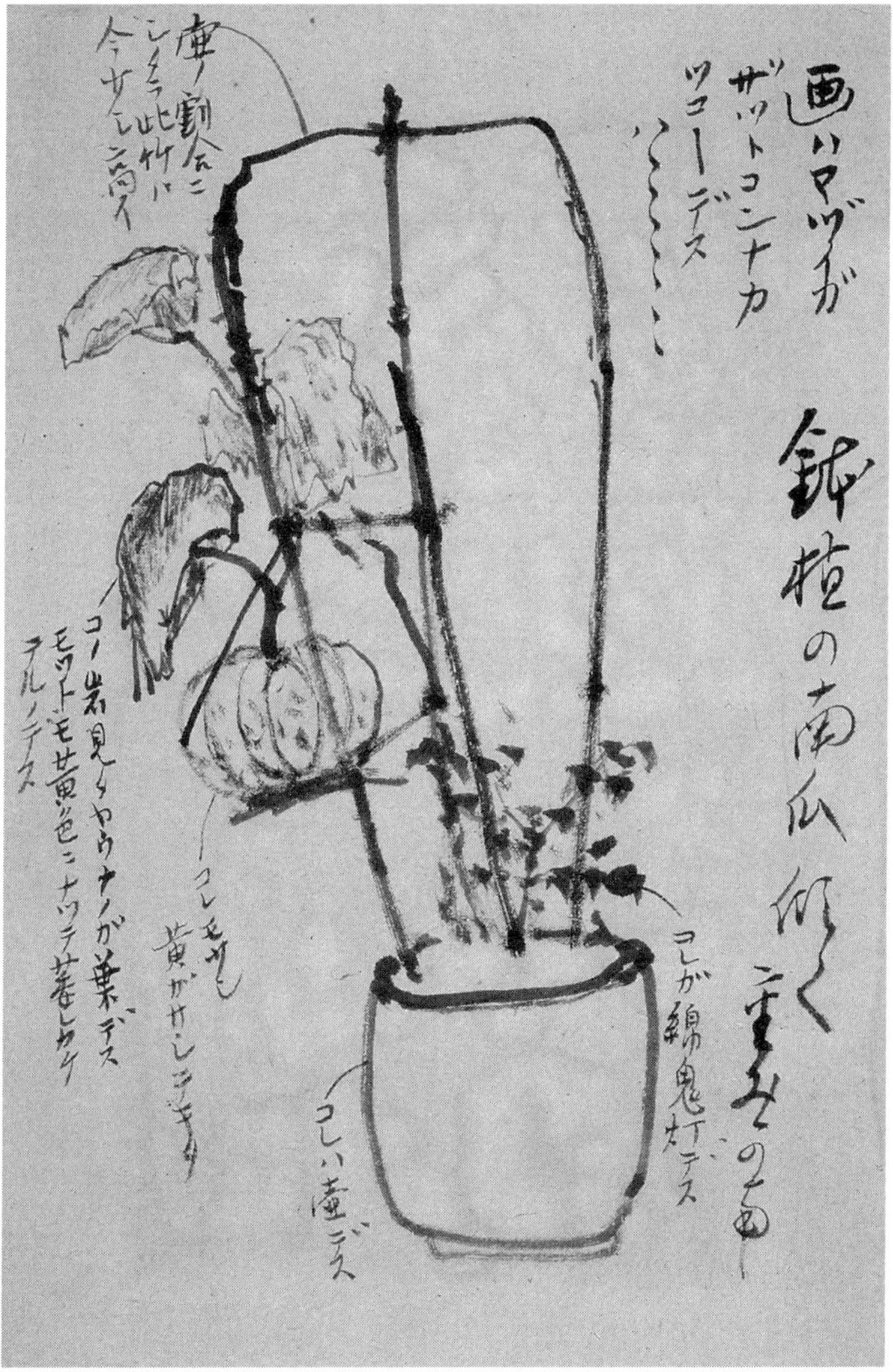

子規画『鉢植南瓜』図（松山市立子規記念博物館蔵）

な有り方で詠むことはまずあるまい。そして、子規の短い生涯の、果敢な試みは、日本近代文学史上最高の作家をも、生み出していったのである。

俳句の近代性は錯誤か？

とはいえ、どんな人間も矛盾を生きている。子規の仕事の意味を、私なりにまとめておきたい。

近代文学研究の大家であった三好行雄は、「反近代の詩——正岡子規と高浜虚子」（『俳句』一九七〇年十一月号）という論文で、子規の矛盾を以下のように説いている。三好は、冒頭、子規が本格的な俳句革新運動に入る直前の、明治二十六年の一月に、『早稲田文学』に発表した「文学雑談」の一節を引いて、俳句の本質は「平民的文学」であるという当時の旧派の俳句認識を批判する点に、近代文学としての俳句の可能性を「信じなければならなかった」子規の「戦略上の意図」を見ようとする。

子規の拠って立つ「近代文学」とは、「文明開化の時代に新国家建設に参加してその文化的興奮をわけもち、明治社会の上昇エネルギーを担うはずの知識人の試みに耐える」「市民文学」のことであった。ここで、三好は、子規個人の内面に照準を合わせ、自らを「余《わ》レ程野心多きはあらじ」（明治二十九年三月十七日付高浜虚子宛書簡）と言ってはばからない「上昇志向」が、とりわけ子規のような「没落士族」出身の「士族知識人」にとっては、「いたってありふれた」矜持であることを指摘すると同時に、脊椎カリエスによって不治の病を宣告され、知識人としての「野望」を絶たれた子規にとって、「唯一残された可能性」が、俳句「革新」であったことを抉り出す。

そこで、三好が子規の所論から注目するのは、「連俳は文学に非ず」（「芭蕉雑談」）という連句非文学論であった。子規にとって、文学とは「他者との関係性において独立した個の様式としての――いわば密室の芸術としての近代性」を持つものでなければならなかったのである。

ただし、三好の複眼的思考は、俳句「革新」が、実は子規という「ひとりの知識人の生の総体」に支えられていた事実を浮き彫りにするだけでなく、彼の夢見た「俳句の近代性――市民文学としての有効性」には、「多くの夢想や錯誤」が含まれていたことを、子規自身の実践から見逃そうとしない。

子規の俳句革新の「旧」

子規の俳諧へのかかわりの第一歩は、江戸俳諧の中の発句を分類し、「知的体系化」する「俳句分類」という「研究」的な試みであり、それは旧派の、花鳥と言語遊戯に浸る態度からすれば、「局外者」の知識人的態度であった。しかも、同じ知識人として「詩」に向き合いながら、西洋の詩を模倣して、近代詩の道を開いた『新体詩抄』の外山正一・井上哲次郎のような改良主義者や啓蒙家たちと、子規は一線を画することを三好は強調し、そこに子規の独自性を見ようとする。

子規には「伝統に代えて西洋をという発想」は無く、「俳句様式の未来に市民文学としての可能性を信じて」、謙虚に旧来の近世俳諧を「分類し、観察し、分析し」、実作者としては「模倣することがらはじめ」たことを、日本派第一句集の『新俳句』（明治三十一年）序から明らかにする。そこで子規は、「新俳句」への手ごたえを高らかに宣揚するとともに、その俳句革新は、「元禄の高古を模し」「蕪村を崇《たふと》み天明を宗とする」ことを明言して憚らない。

子規の実践は、「学問を通路として、改革のエネルギーを近世俳諧の内部に求めた」もので、結果、定型・季語・句会という「伝統（反近代）」を近代俳句は継承することになった、このジャンルの命運について、子規が「第二芸術としての性格を決定」づけたとし、同時にそのことが、俳句の命脈を現代まで伝えたゆえんであるとする。

子規の達成――古典との「対話」

実は子規の道のりをたどり終えた今も、三好の分析は正しいと考えている。ただし、子規が残した俳句の「古さ」についての評価は、三好と全く反対の立場に筆者はいる。三好の言う子規への批判は、「第二芸術」という定義に端的に見て取れるように、西洋由来の「詩」を上位に置き、伝統的な定型・季語・句会という俳句の特性を、「旧」として下位に置く、欧米文化優先の、近代化が進んだ現在からの見方に立った裁断に過ぎない、と思う。二十世紀初頭、俳句が欧米のイマジスト達に注目され、彼らの短詩・象徴詩の試みに大きな影響を与えたことや、その流れを受けて、「HAIKU」という三行詩が世界各国で生産されている今日の状況を見れば、三好や「第二芸術」の発案者である桑原武夫のような、欧米コンプレックスは、もはや過去のものというべきである。子規は早々と人事を長く詠む西洋の詩と自然を短く詠む短歌・俳句を対等に見ていた（「文学雑談」）。

序章で述べたように、伝記はともすれば、その人物が亡くなってからの視点で書かれがちである。しかし、子規自身は、自分の仕事がどう評価され、どう継承されていったか、知るよしもない。自分の仕事の死後の評価を意識しつつも、当時の現実を暗中模索で生きていた。その時、子規の拠り所になったのは、江戸時代に蓄積されていた漢学、漢詩文、西鶴の小説、芭蕉・蕪村の俳句、それに応挙らの日本画だった。こうした、文化伝統をよりどころにしながら、「改良」をやっていた子規に、三好の言うような「矛盾」を子規は感じていなかったことも、本書を読み終えた方には実感できるのではなかろうか？

新聞『日本』と提携関係にあった政教社の同人が、Nationarityを「模擬すべからざる一国の元気」（菊池熊太郎「国粋主義の本拠如何」『日本人』明治二十一年十一月）と考えていた時代、子規はその近代国家建設の一翼を担おうとした青年の一人に違いなく、今日から見て、その思想の排他性を批判するのは容易い。しかし、生まれたばかりの国家が生存できるか否か、のるかそるかの時代に、この「元気」は必要不可欠だったのである。その時子規は、五・七・五の定型の存在理由を、日常のわかりやすい言葉から詩を紡ぎ出すための仕掛けと見て選んだ。あくまで文学の「思想」に固執する漱石との論争で、旗色の悪かった子規は、江戸俳諧を「文学として」読み直しながら、膨大な「俳句分類」を実践することで、これに対抗しようとした。

こうした努力を経て、ポッと出の青年が、月並宗匠を攻撃でき、俳句の理想に「雅味（品格）」を求めた価値基準の背景には、子規が漢学青年や江戸文学愛好者であったことが、存外大きな意味を持っていたのである。俳句は今や日本のユニークな文化として、世界にも注目されるようになってきている以上、三好のような進化論的発想では、子規の評価はなしえない。

我々は子規の歩みから、「古典」の価値をいうものを、改めて見直すべきなのではないだろうか。もちろん、子規が最もそうであったように、重要なことは古典との「対話」であって、寄りかかりでは決してないのだが。

引用・参考文献

青木亮人『近代俳句の諸相』(創風社出版、二〇一八年)
青山英正『幕末明治の社会変容と詩歌』(勉誠出版、二〇二〇年)
秋尾敏『子規の近代』(新曜社、一九九九年)
彬子女王「ウィリアム・アンダーソン・コレクション再考」(『比較日本学研究センター研究年報』四、二〇〇八年三月)。
粟津則雄『正岡子規』(朝日新聞社、一九八二年)
粟津則夫・夏石番矢・復本一郎編『子規解体新書』(雄山閣出版、一九九八年)
池内央『子規・遼東半島の三三日』(短歌新聞社、一九九七年)
石川九楊『河東碧梧桐』(文藝春秋、二〇一九年)
磯田道史『近世大名家臣団の社会構造』(文藝春秋、二〇一三年)
井上泰至『子規の内なる江戸』(角川学芸出版、二〇一一年)
井上泰至『近代俳句の誕生』(日本伝統俳句協会、二〇一五年)
井上泰至「子規・虚子の字余り——「ますらをぶり」のリズム」(二〇一五年八月)
井上泰至「テキスト批評——三好行雄「反近代の詩　正岡子規と高浜虚子——近代俳句研究序説のために」」(『夏潮別冊虚子研究号』七、二〇一七年八月)

井上泰至「明治末年の俳諧史――池田常太郎『日本俳諧史』をめぐって」(『連歌俳諧研究』一三三号、二〇一七年九月)
井上泰至「近代俳句雑誌の誕生――「ホトトギス」成功の本質」『夏潮別冊虚子研究号』八(二〇一八年八月)
井上泰至「一茶の「賭博」、子規の「大計」」(『俳句界』二〇二〇年一月)
井上泰至「虚子、二十歳の原点――子規・漱石はなぜ彼を選んだか」『夏潮別冊虚子研究号』一〇(二〇二〇年八月)。
揖斐高「和歌改良論」(浅田徹ほか編『和歌をひらく第五巻　帝国の和歌』岩波書店、二〇〇六年)。
植田彩芳子『明治絵画と理想主義』(吉川弘文館、二〇一四)
江藤淳『リアリズムの源流』(河出書房新社、一九八九年)
大塚美保「森鷗外を通して見る明治歌壇とその力学」(浅田徹ほか編『和歌をひらく第五巻　帝国の和歌』岩波書店、二〇〇六年)
大廣典子「子規と印象派・紫派」(『阪大比較文学』七、二〇一三年三月)
景浦勉『幕末維新の松山藩』(愛媛県教科図書株式会社、一九八九年)
加藤国安『子規蔵書と『漢詩稿』研究』(研文出版、二〇一四年)
金井景子・宗像和重・勝原晴希『正岡子規集(新日本古典文学大系)』(岩波書店、二〇〇三年)
川平敏文『徒然草　無常観を超えた魅力』(中公新書、二〇二〇年)
川本皓嗣『俳諧の詩学』(岩波書店、二〇一九年)
木越治「近世「文」学史から近世「文学」史へ――近世文学の発見(三)」(『近世文学史研究』第三巻、ぺりかん社、二〇一九年)
北住敏夫『写生俳句及び写生文の研究』(明治書院、一九七二年)

北住敏夫『写生派歌人の研究相補版』（明治書院、一九七四年）
京都工芸繊維大学美術工芸資料館展覧会『草の根のアール・ヌーヴォー　明治期の文芸雑誌と図案教育』カタログ（二〇一九年十一月）
栗田靖『子規と碧梧桐』（双文社出版、一九七九年）
栗田靖『河東碧梧桐の基礎的研究』（翰林書房、二〇〇〇年）
黒川悦子「「ほと、ぎす」の黎明期」（稲畑汀子編・著『よみものホトトギス百年史』一九九六年、花神社）。
黒川桃子「廣瀬淡窓の陸游詩受容――「論詩詩」を中心に」（『近世文藝』九二、二〇一〇年）
紅野謙介『投機としての文学』（新曜社、二〇〇三年）
紅野敏郎「文芸誌としての『ホトトギス』」（稲畑汀子監修・紅野敏郎編集『ホトトギス名作文学集』一九九五年、小学館）
小森陽一『子規と漱石　友情が育んだ写実の近代』（集英社新書、二〇一六年）
佐佐木幸綱『子規の短歌』（増進会出版社、二〇〇二年）
佐々木英昭「漱石・子規の共鳴と乖離――千代女、スペンサー、Rhetoric, 気節」（『比較文学研究』一〇三、二〇一七年九月）
佐々木丞平・正子『円山応挙研究　研究編』（中央公論美術出版、一九九六年）
佐藤道信『明治国家と近代美術』（吉川弘文館、一九九九年）
品田悦一『万葉集の発明』（新曜社、二〇〇一年）
柴田奈美『正岡子規と俳句分類』（思文閣出版、二〇〇一年）
鈴木健一「実朝『あられたばしる』歌の享受をめぐって」（『江戸文学』四一、二〇〇九年）
高津勝「日本スポーツ史の青春――子規とベースボール」（金井淳二・草深直臣『現代スポーツ論の射程』文理

閣、二〇一一年）
田中宏巳『秋山真之』（吉川弘文館、二〇〇四年）
谷光隆『考証子規と松山』（シード書房、二〇〇五年）
坪内稔典『柿喰ふ子規の俳句作法』（岩波書店、二〇〇五年）
坪内稔典『子規とその時代（坪内稔典コレクション　第二巻）』（沖摘社、二〇一〇年）
長尾宗典『〈憧憬〉の明治精神史』（ぺりかん社、二〇一六年）
永岡健右「与謝野鉄幹「亡国の音」の形成をめぐって」（『語文』四三、一九七七年）
中島国彦「漱石的ユーモアの源流――落語の発想と「坊っちゃん」の表現」（「国文学」一九七九年五月）
中野目徹『政教社の研究』（思文閣出版、一九九三年）
中野目徹『明治の青年とナショナリズム』（吉川弘文館、二〇一四年）
中野目徹編『近代日本の思想をさぐる』（吉川弘文館、二〇一八年）
永峰重敏『雑誌と読者の近代』（日本エディタースクール出版部、一九九七年）
永峰重敏『〈読書国民〉の誕生』（日本エディタースクール出版部、二〇〇四年）
中村邦光・板倉聖宣『日本における近代科学の形成過程』（多賀出版、二〇〇一年）
信木伸一「明治教科書『本朝文範』の生成――近世からの脈略と明治教科書としての創出」（「国語科教育」七八、二〇一五年）
長谷川櫂『俳句の誕生』（筑摩書房、二〇一八年）
平田由美「反動と流行――明治の西鶴発見」（「人文学報」六七、一九九〇年一二月）
広本勝也「正岡子規とH・スペンサー『文体の哲学』について」（「比較文学研究」九八、二〇一一年九月）
福田安典「『清元研究』と忍頂寺務」（「上方藝文研究」八、二〇一一年六月）

復本一郎『俳句の発見　子規とその時代』（日本放送出版協会、二〇〇七年）
復本一郎『余は、交際を好む者なり』（岩波書店、二〇〇九年）
復本一郎『歌よみ人　正岡子規』（岩波現代全書、二〇一四年）
復本一郎『獺祭書屋俳話・芭蕉雑談』解説（岩波文庫、二〇一六年）
復本一郎『子規紀行文集』解説（岩波文庫、二〇一九年）
前田勉『江戸の読書会』（平凡社選書、二〇一二年）
前田勉『江戸教育思想史研究』（六一書房、二〇一六年）
正岡子規『新潮日本文学アルバム　二十一　正岡子規』（新潮社、一九八六年）
松井利彦『正岡子規の研究　上・下』（明治書院、一九七六年）
松井利彦『士魂の文学　正岡子規』（新典社、一八八六年）
松田宏一郎『陸羯南』（ミネルヴァ書房、二〇〇八年）
松山市立子規記念博物館『第二十一回特別企画展　子規の家族』（松山市立子規記念博物館、一九九〇年）
南明日香『国境を越えた日本美術史』（藤原書店、二〇一五年）
宮坂静生『子規秀句考――鑑賞と批評』（明治書院、一九九六年）
三好行雄『三好行雄著作集第七巻　詩歌の近代』（筑摩書房、一九九三年）
村尾誠一「正岡子規短歌における「写生」試論」（『総合文化研究』二〇、二〇一六年）
村尾誠一「『竹乃里歌』にみる明治二十八年の子規」（柴田勝二編『世界の中の子規・漱石と近代日本』勉誠出版、二〇一八年）
本井英『虚子散文の世界へ』（ウェップ、二〇一七年）
柳原極堂『友人子規』（『子規研究資料集成　回顧録編1』クレス出版、二〇一二年）

山上次郎『子規の書画』（二玄社、二〇一〇年）
山下一海『山下一海著作集第八巻　正岡子規』（おうふう、二〇一六年）
山下重一『スペンサーと日本近代』（お茶の水書房、一九八三年）
綿抜豊昭・鹿島美千代『芭蕉二百回忌の諸相』（桂書房、二〇一八年）
和田克司『風呂で詠む　子規』（世界思想社、一九九六年）
和田茂樹監修・和田克司編集『正岡子規入門』（思文閣出版、一九九三年）

あとがき

研究者として評伝を書いている立場としては、不見識だという批判を免れないかも知れないが、本書を書いている間、意識していたのは二つの小説だった。一つは、誰も知る司馬遼太郎の『坂の上の雲』である。

司馬は、日本海海戦の名参謀秋山真之との友情を通して、覇気に溢れ、時に軽挙妄動する子規を明るく描いた。学問的水準の高い、決定版と言ってよい講談社版『子規全集』の産みの親の一人が、実は編集委員に名を連ねた司馬遼太郎であったことが象徴的だが、司馬は子規をこよなく愛した。研究者には目に付く、細部の事実誤認やフィクションの部分は割り引くにしても、いい意味で「稚気」に溢れる子規像は、大筋を外していない。

しかし、司馬があまり書かなかったのは、漱石との交流だ。日露戦争をテーマとする司馬にとって、斜めよりの視線からこの戦争と日本人を観察していた漱石は、いかにも座りが悪い。『坂の上の雲』に漱石の出る幕はそうないのである。

しかし、文学者子規を語る上で、漱石との交際は欠くべからざるものだと、昨年十月このお話を頂いた折、まず浮かんだのはそのことである。私は日経新聞の購読者で、九月からは、漱石を主人公とする伊集院静氏の「ミチクサ先生」の連載が始まっていた。しかし、まだ十月の時点で、子規との交流は描かれていなかったと記憶する。ところが、子規と漱石について書き出した、昨年暮れあたりからは、伊集院氏が鮮やかに描くところの、二人の若き日の交際には、正直引き込まれた。

氏が子規を主人公にして書いた『ノボさん』も青春小説だったが、漱石を絡ませると、失礼ながら前作よりさらに面白い。特に創作の色が濃い二人の会話や、恋のエピソードの精彩は流石だと思うとともに、リアルタイムで子規の評伝を書いていると、自由に書ける作家の立場が、うらやましくもあった。

無粋な研究者としては、この際、じっと我慢して、事実を追い、根拠のある点だけを積み上げて書いていくしかない。とすれば、日本近代文学の方向性が固まっていない時期に、子規がどうやって短歌・俳句・写生文において、それを切り拓いていったのか、あるいは、いけたのかを描くことが、こちらの役割であると改めて自覚させられた。

その時注意したのは、子規の中に確乎としてあった、今から見て「古い」部分に光を当てることだった。子規が生み出した「近代」は、「古典」の全否定から生まれたように考えられがちだが、実は、今や我々がかなりが失ってしまった「江戸」的な感性や文化遺産を基盤にしつつ、新時代に対応したものだった、と思う。

子規は、日本文化の奥座敷である「季語」や「定型」は残しつつ、むしろそれに信頼を置きながら、門扉や屋根、それに窓ガラスや応接間など、外装に当たる部分は「改良」した。生活も当然変わる。子規によれば、それは個人の責任で表現をする態度であり、「写生」はそのキーワードとなった。

子規の見通しは大筋を外していない。国語教育では今、文学素材を超えて、客観的な文章の読解や作成が叫ばれているが、そもそも子規が試みた「写生文」は、全ての文章の基本である「描写」を主眼とするもので、特定の才能のある人だけが作者となる「小説」よりも、ずっと開かれたものだった。翻って、今国語教育改革のモデルとなっている欧米の国語教育を確認すれば、それらはいずれも「描写」から始まって「議論」の訓練へと進む、合理的なステップを用意している。これを英語でなく、母国語でどう行うのか？子規の論点は、今も生きた問題なのである。

その時、子規の改革は、過去の全否定ではなく、「俳句分類」のような、古典についての基礎的科学的研究の中から生まれたことは、肝に銘じておくべきだろう。また、事実を徹底して究明していく態度や、身分・立場を超えて議論をする方法は、子規が学問の出発点とし、漱石との交際でも重要な役割を果たした、江戸漢学の中に用意されていた。数字のように抽象化された記号と違って、言葉のような人間的な道具は、機械だけでは把握できない歴史性がつきまとう。

そして、こうした大仕事を成した子規達の、進取の気性と果敢さ、日本のユニークな魅力を発見しようとした大きな志、それに彼らの突き抜けた明るさの、かなりの部分は、「江戸」から引き継がれてきた面があるのだ、ということを理解してもらえたとしたら、少しは研究者としての役割を果たせたのではないか、と思う。

ミネルヴァ日本評伝選の著者の一人として、私を推してくださった兵藤裕己氏にこの場を借りて、深謝申し上げたい。

ミネルヴァ書房編集部の水野安奈氏のご高配にも記して、御礼申し上げる。

なお、本書は、科学研究費補助金・基盤研究（C）「明治文芸における新旧対立と連続性——近世文学および日本美術史との関連から」の成果の一部である。

二〇二〇年七月

井上泰至

正岡子規略年譜

和暦	西暦	齢	関係事項	一般事項
慶応　三	一八六七		10・14（陰暦9・17）松山に生まれる。幼名、処之助。後、升と改める。本名は常規。父、常尚、母八重（大原氏）。	11・9大政奉還。
明治　元	一八六八	1	湊町新町に転居。	1・3王政復古の大号令。1・27鳥羽・伏見の戦い。
三	一八七〇	3	妹律生まれる。	
五	一八七二	5	4・14父常尚死去。	9・4学制公布。
六	一八七三	6	外祖父大原観山の塾に通う。末広学校に入学。	10月西郷隆盛ら下野。
八	一八七五	8	1月より勝山学校に通学。4・11観山没、土屋久明に漢学を習う。	
十一	一八七八	11	久明の指導で漢詩を詠む。	
十二	一八七九	12	回覧雑誌『桜亭雑誌』等を作る。12・27勝山学校を卒業。	9・29教育令公布。
十三	一八八〇	13	3・1松山中学に入学。河東静渓に漢詩の指導を受	

			ける。	
十四	一八八一	14	五人の友と漢詩作りに熱中。	10・12国会開設の詔勅。
十五	一八八二	15	政治に関心を持つ。	自由民権運動激化。『新体詩抄』。
十六	一八八三	16	演説に熱中。6・10叔父加藤拓川の許しを得て上京。10月共立学校に入学。	
十七	一八八四	17	3月常盤会給費生に選ばれる。9・11東京大学予備門に入学。	
十八	一八八五	18	哲学を志望。学年試験に落第。夏帰省し、井出真棹に和歌を習う。この年より俳句を詠み始める。	6・24坪内逍遥『当世書生気質』刊行開始。
十九	一八八六	19	**秋頃**、友人米山保三郎の哲学論に驚く。	
二〇	一八八七	20	**夏**、帰省して、大原其戎に俳句を習う。	10・5月東京美術学校設立。
二一	一八八八	21	7・9第一高等中学校予科を卒業。**夏**、「七草集」を編む。8月鎌倉で喀血。9月本科に進学。本郷真砂町常盤会宿舎に入る。スペンサーの哲学に影響を受ける。	
二二	一八八九	22	1月夏目漱石を知る。5・9喀血し、子規と号す。**夏**、帰省し、河東碧梧桐に野球を指導。	2・11大日本帝国憲法公布、新聞『日本』創刊。幸田露伴『風流仏』。美術雑誌『国華』創刊。
二三	一八九〇	23	7・8第一高等中学校本科卒業。	森鷗外『舞姫』。
二四	一八九一	24	2・7文科大学国文科に転科。**夏頃**、高浜虚子と文	

			通が始まる。夏、木曽旅行を経て帰省。11月武蔵野旅行。	
二五	一八九二	25	1月小説「月の都」執筆。2月幸田露伴に評を乞う。2・29陸羯南の紹介で根岸に転居。新聞『日本』に「かけはしの記」、「獺祭書屋俳話」を執筆。12・1大学を中退し、新聞『日本』に勤務。12月伊藤松宇と出会い、句会の方式を学ぶ。	
二六	一八九三	26	2・3新聞『日本』に俳句欄設置。3月大学を正式に退学。7月から8月芭蕉二百回忌にちなみ東北旅行。その後紀行文『はて知らずの記』を書く。11・23以降『芭蕉雑談』を新聞『日本』に連載。	2月浅香社結成。
二七	一八九四	27	2・1下谷区上根岸の子規庵に移る。2・11から新聞『小日本』を編集・刊行。	7・25日清戦争開戦。11・22旅順占領。与謝野鉄幹「亡国の音」。
二八	一八九五	28	4月近衛師団付記者として清国に渡る。柳樹屯・金州・旅順を回る。5・4以降、金州で森鷗外と毎日会う。5・17帰国の船で喀血、重篤となる。夏、神戸・須磨で療養の後、松山に帰郷。漱石と愚陀仏庵で同居。10・22より新聞『日本』に『俳諧大要』を連載。秋、広島・須磨・奈良を経由し東京に帰る。12・9道灌山一件。	4・17下関条約締結。4・23三国干渉。

二九	一八九六	29	1・31より鷗外の『めさまし草』の俳句欄設置。2月病臥の身となる。4・21より『松蘿玉液』を新聞『日本』に連載。	
三〇	一八九七	30	1月「明治二十九年の俳句界」で、碧梧桐・虚子の俳句を紹介。1・15松山で『ほとゝぎす』発刊。3・27、及び4月下旬腰の手術を二度受けるが病状好転せず。5・28『古白遺稿』を編集刊行。	
三一	一八九八	31	2月より新聞『日本』に『歌よみに与ふる書』を連載。『百中十首』も発表。9月『ホトトギス』東京に移転。	岡倉天心ら東京美術学校を退任。
三二	一八九九	32	3・14根岸短歌会再開。秋、不折からもらった絵の具で写生画を描き出す。	土井晩翠『天地有情』。
三三	一九〇〇	33	1月「叙事文」で写生文を提唱。1・7伊藤左千夫が、3・28長塚節が子規庵を訪ねる。8・13大量に喀血。8・26漱石英国留学に出発のため訪問。9月山会開催。	与謝野鉄幹『明星』創刊。
三四	一九〇一	34	1・16『墨汁一滴』を新聞『日本』に連載開始。9・2より『仰臥漫録』を執筆開始。	与謝野晶子『みだれ髪』。
三五	一九〇二	35	5・5より『病牀六尺』を新聞『日本』に連載開始。6月から8月まで『果物帖』を描く。8月『草花	1・30日英同盟。

帖』を描く。9・3まで『仰臥漫録二』を執筆。 9・18午前「絶筆三句」を記す。9・19未明永眠。 9・21葬儀、田端大龍寺に埋葬。

（注）日付は総て陽暦。

は 行

ま 行

や 行

ら 行

わ 行

事項索引

な　行

は　行

ま　行

や　行

ら　行

わ　行

人名索引

《著者紹介》

井上泰至（いのうえ・やすし）

1961年　京都市生まれ。

上智大学文学部国文学科卒業。同大学院文学研究科博士後期課程単位取得満期退学。博士（文学）。現在，防衛大学校教授。

著　書　『子規の内なる江戸――俳句革新というドラマ』角川学芸出版，2011年。

『近代俳句の誕生――子規から虚子へ』日本伝統俳句協会，2015年。

『近世日本の歴史叙述と対外意識』（編著）勉誠出版，2016年。

『俳句のルール』（編著）笠間書院，2017年ほか。

ミネルヴァ日本評伝選

正《まさ》岡《おか》子《し》規《き》

――俳句あり則ち日本文学あり――

2020年9月10日　初版第1刷発行　〈検印省略〉

定価はカバーに表示しています

著　者　井　上　泰　至

発行者　杉　田　啓　三

印刷者　江　戸　孝　典

発行所　株式会社　ミネルヴァ書房

607-8494 京都市山科区日ノ岡堤谷町1

電話代表（075）581-5191

振替口座 01020-0-8076

共同印刷工業・新生製本

ISBN978-4-623-09013-6

Printed in Japan

刊行のことば

歴史を動かすものは人間であり、興趣に富んだ人間の動きを通じて、世の移り変わりを考えるのは、歴史に接する醍醐味である。

しかし過去の歴史学を顧みるとき、人間不在という批判さえ見られたように、歴史における人間のすがたが、必ずしも十分に描かれてきたとはいえない。二十一世紀を迎えた今、歴史の中の人物像を蘇生させようとの要請はいよいよ強く、またそのための条件もしだいに熟してきている。

この「ミネルヴァ日本評伝選」は、正確な史実に基づいて書かれるのはいうまでもないが、単に経歴の羅列にとどまらず、歴史を動かしてきたすぐれた個性をいきいきとよみがえらせたいと考える。そのためには、対象とした人物とじっくりと対話し、ときにはきびしく対決していくことも必要になるだろう。

今日の歴史学が直面している困難の一つに、研究の過度の細分化、瑣末化が挙げられる。それは緻密さを求めるが故に陥った弊害といえるが、その結果として、歴史の大きな見通しが失われ、歴史学を通しての社会への働きかけの途が閉ざされ、人々の歴史への関心を弱める危険性がある。今こそ歴史が何のためにあるのかという、基本的な課題に応える必要があろう。評伝という興味ある方法を通じて、解決の手がかりを見出せないだろうかというのも、この企画の一つのねらいである。

狭義の歴史学の研究者だけでなく、多くの分野ですぐれた業績をあげている著者たちを迎えて、従来見られなかった規模の大きな人物史の叢書として、「ミネルヴァ日本評伝選」の刊行を開始したい。

平成十五年（二〇〇三）九月

ミネルヴァ書房

ミネルヴァ日本評伝選

企画推薦
梅原　猛
ドナルド・キーン
佐伯彰一
角田文衞

監修委員
上横手雅敬
芳賀　徹

編集委員
石川九楊
伊藤之雄
猪木武徳
今谷　明
今橋映子
熊倉功夫
佐伯順子
坂本多加雄
武田佐知子
竹西寛子
西口順子
兵藤裕己
御厨　貴

上代

*卑弥呼　古田武彦
*日本武尊　西宮秀紀
*仁徳天皇　若井敏明
雄略天皇　吉村武彦
継体天皇　若井敏明
*蘇我氏四代　遠山美都男
推古天皇　義江明子
聖徳太子　仁藤敦史
斉明天皇　武田佐知子
*小野妹子・毛人・毛野　大橋信弥
*額田王　梶川信行
弘文天皇　遠山美都男
天武天皇　新川登亀男
持統天皇　丸山裕美子
阿倍比羅夫　熊田亮介
*藤原四子　木本好信
役小角　脊古真哉
*柿本人麿　古橋信孝
*元明天皇・元正天皇　渡部育子
聖武天皇　本郷真紹
光明皇后　寺崎保広
*孝謙・称徳天皇　勝浦令子
藤原不比等　荒木敏夫
橘諸兄・奈良麻呂　遠山美都男
吉備真備　今津勝紀
*藤原仲麻呂　木本好信
道鏡　吉川真司
*藤原種継　木本好信
*行基　吉田靖雄

平安

*桓武天皇　井上満郎
嵯峨天皇　西別府元日
宇多天皇　古藤真平
醍醐天皇　石上英一
村上天皇　京樂真帆子
花山天皇　上島　享
*三条天皇　倉本一宏
藤原薬子　中野渡俊治
*藤原良房・基経　瀧浪貞子
*紀貫之　神田龍身
源高明　所　功
*安倍晴明　斎藤英喜
*藤原道長　朧谷　寿
*藤原伊周・隆家　倉本一宏
藤原定子　山本淳子
*藤原彰子　朧谷　寿
清少納言　三田村雅子
和泉式部　ツベタナ・クリステワ
大江匡房　小峯和明
*阿弖流為　樋口知志
坂上田村麻呂　熊谷公男
*源満仲・頼光　元木泰雄
平将門　西山良平
藤原純友　寺内　浩
源義家　大津雄一
最澄　吉田一彦
円珍　岡野浩二
*空也　石井義長
奝然　上川通夫
*源信　小原　仁
慶滋保胤　吉原浩人
*後白河天皇　美川　圭
*式子内親王　奥野陽子
建礼門院　生形貴重
藤原頼長・師長　樋口健太郎
*藤原秀衡　入間田宣夫
平時子・時忠　元木泰雄
平維盛　根井　浄
木曾義仲　樋口州男
守覚法親王　阿部泰郎
藤原隆信・信実　山本陽子

鎌倉

源頼朝　川合　康
*源義経　近藤好和
源実朝　神田龍身
*九条兼実　加納重文
九条道家　上横手雅敬
北条時政　野口　実
熊谷直実　佐伯真一
*北条政子　関　幸彦
*北条義時　岡田清一
曾我十郎・五郎　杉橋隆夫
後鳥羽天皇　兵藤裕己
北条時頼　山本隆志
北条時宗　近藤成一
平頼綱　細川重男
竹崎季長　堀本一繁
西行　光田和伸
鴨長明　浅見和彦
藤原定家　赤瀬信吾
*京極為兼　今谷　明
*兼好　島内裕子
重源　横内裕人
*運慶　根立研介
快慶　井上一稔
法然　今堀太逸
栄西　中尾良信
明恵　西山　厚
*親鸞　末木文美士
恵信尼・覚信尼　西口順子
覚如　今井雅晴
*道元　船岡　誠
叡尊　細川涼一
*忍性　松尾剛次
*日蓮　佐藤弘夫
一遍　蒲池勢至
夢窓疎石　原田正俊
*宗峰妙超　竹貫元勝

南北朝・室町

後醍醐天皇　上横手雅敬
*護良親王　新井孝重
*懐良親王　森　茂暁
*赤松氏五代　渡邊大門
*北畠親房　岡野友彦
楠正成　兵藤裕己
楠木正行・正儀　生駒孝臣
*新田義貞　山本隆志
*光厳天皇　深津睦夫
足利尊氏　市沢　哲
*足利直義　亀田俊和
佐々木道誉　下坂　守
細川頼之　亀田俊和
円観・文観　田中貴子
足利義詮　早島大祐
足利義満　川嶋將生
*足利義持　吉田賢司
足利持氏　植田真平
足利義政　木下昌規
日野富子　田端泰子
*大内義弘　平瀬直樹
伏見宮貞成親王　松薗　斉
*山名宗全　山本隆志
細川勝元・政元　古野　貢
畠山義就　呉座勇一
足利成氏　阿部能久
世阿弥　西野春雄
雪舟等楊　河合正朝
宗祇　鶴崎裕雄
*満済　森　茂暁
一休宗純　原田正俊
蓮如　岡村喜史

戦国・織豊

北条早雲　家永遵嗣
*北条氏綱　黒田基樹
*北条氏政　黒田基樹
*大内義隆　藤井　崇
*斎藤氏四代　木下　聡
*毛利元就　岸田裕之
*毛利輝元　光成準治
*小早川隆景・秀秋　光成準治
*六角定頼　村井祐樹
*今川義元　小和田哲男
*武田信玄　笹本正治
*武田勝頼　笹本正治
*真田氏三代　笹本正治
*三好長慶　天野忠幸
松永久秀　天野忠幸
*宇喜多直家・秀家　渡邊大門
*上杉謙信　矢田俊文
大友宗麟　鹿毛敏夫
島津義久・義弘　福島金治
細川幽斎　鈴木　元
*長宗我部元親・盛親　平井上総
最上氏三代　松尾剛次
浅井長政　長谷川裕子
蠣崎・松前氏五代　新藤　透
吉田兼倶　西山　克
山科言継　松薗　斉
*雪村周継　赤澤英二
正親町天皇・後陽成天皇　神田裕理
*足利義輝・義昭　山田康弘
織田信長　三鬼清一郎
織田長益　八尾嘉男
*明智光秀・秀満　小和田哲男
豊臣秀吉　藤井讓治
豊臣秀次　矢部健太郎
*北政所おね　田端泰子
*淀殿　福田千鶴
蜂須賀正勝・家政　三宅正浩
前田利家　東四柳史明
山内一豊・忠義　長屋隆幸
*黒田如水　小和田哲男
*蒲生氏郷　藤田達生
石田三成　堀越祐一
*細川ガラシャ　田端泰子
*支倉常長　田中英道
千利休　熊倉功夫
*長谷川等伯　宮島新一
*顕如　神田千里
教如　安藤　弥

江戸

*徳川家康　笠谷和比古
板倉勝重　谷　徹也
本多忠勝　柴　裕之
本多正純　小川　雄
柳生宗矩　福田千鶴
*徳川家光　野村　玄
徳川吉宗　横田冬彦
*後水尾天皇　久保貴子
後桜町天皇　所　京子
*光格天皇　藤田　覚
*春日局　福田千鶴
宮本武蔵　渡邊大門
*池田光政　倉地克直
保科正之　八木清治
シャクシャイン　岩崎奈緒子
*田沼意次　藤田　覚
細川重賢　安高啓明
松平治郷　小林准士
*二宮尊徳　小林惟司
*末次平蔵　岡美穂子
*高田屋嘉兵衛　生田美智子
沢庵宗彭　芳澤　元
*林羅山　鈴木健一
吉野太夫　渡辺憲司
熊沢蕃山　川口　浩
*山崎闇斎　澤井啓一
*山鹿素行　前田　勉
*北村季吟　島内景二
伊藤仁斎　澤井啓一
貝原益軒　辻本雅史
*ケンペル　B・M・ボダルト＝ベイリー
新井白石　大川　真
荻生徂徠　柴田　純
*雨森芳洲　上田正昭
石田梅岩　高野秀晴
白隠慧鶴　芳澤勝弘
前野良沢　松田　清
平賀源内　石上　敏
本居宣長　田尻祐一郎
杉田玄白　吉田　忠
木村蒹葭堂　有坂道子
*大田南畝　沓掛良彦
菅江真澄　赤坂憲雄
*鶴屋南北　諏訪春雄
良寛　阿部龍一
*山東京伝　佐藤至子
*滝沢馬琴　高田　衛
平田篤胤　山下久夫
国友一貫斎　太田浩司
シーボルト　宮坂正英
本阿弥光悦　岡　佳子
小堀遠州　中村利則
狩野探幽・山雪　山下善也
尾形光琳・乾山　河野元昭
*二代目市川團十郎　田口章子
伊藤若冲　狩野博幸
*浦上玉堂　高橋博巳
*佐竹曙山　成瀬不二雄
葛飾北斎　岸　文和
酒井抱一　玉蟲敏子

孝明天皇　青山忠正
＊和宮　辻ミチ子
＊徳川慶喜　大庭邦彦
島津斉彬　原口泉
横井小楠　沖田行司
＊古賀謹一郎　小野寺龍太
＊永井尚志　高村直助
＊岩瀬忠震　小野寺龍太
＊栗本鋤雲　小野寺龍太
大村益次郎　竹本知行
岩倉具視　斎藤紅葉
河井継之助　小川和也
松平春嶽　大石学
＊西郷隆盛　家近良樹
＊由利公正　角鹿尚計
橋本左内・橘曙覧　角鹿尚計
＊塚本明毅　塚本学
松平容保　白石烈
山岡鉄舟・高橋泥舟　岩下哲典
三条実美　奈良勝司
＊月性　海原徹
＊吉田松陰　海原徹
＊高杉晋作　海原徹
＊久坂玄瑞　一坂太郎
ペリー　遠藤泰生
ハリス　福岡万里子
オールコック　佐野真由子
アーネスト・サトウ　奈良岡聰智

近代

＊明治天皇　伊藤之雄
＊大正天皇　F・R・ディキンソン
＊昭憲皇太后・貞明皇后　小田部雄次
大久保利通　三谷太一郎
山県有朋　鳥海靖
木戸孝允　落合弘樹
井上馨　伊藤之雄
＊松方正義　室山義正
榎本武揚　醍醐龍馬
北垣国道　小林丈広
板垣退助　小川原正道
長与専斎　笠原英彦
大隈重信　五百旗頭薫
伊藤博文　坂本一登
井上毅　大石眞
＊井上勝　老川慶喜
＊桂太郎　小林道彦
＊渡邉洪基　瀧井一博
＊乃木希典　佐々木英昭
星亨　小林道彦
林董　奈良岡聰智
＊児玉源太郎　小林道彦
＊高宗・閔妃　木村幹
山本権兵衛　室山義正
＊金子堅太郎　松村正義
高橋是清　鈴木俊夫
小村寿太郎　簑原俊洋
＊犬養毅　小林惟司
原敬　季武嘉也

＊加藤高明　櫻井良樹
牧野伸顕　小宮一夫
田中義一　黒沢文貴
内田康哉　高橋勝浩
平沼騏一郎　堀田慎一郎
＊鈴木貫太郎　小堀桂一郎
宇垣一成　北岡伸一
＊宮崎滔天　榎本泰子
＊浜口雄幸　川田稔
幣原喜重郎　西田敏宏
関一　玉井金五
水野広徳　片山慶隆
広田弘毅　井上寿一
安重根　上垣外憲一
＊グルー　廣部泉
＊永田鉄山　森靖夫
東條英機　牛村圭
今村均　前田雅之
蔣介石　劉岸偉
近衛文麿　庄司潤一郎
＊岩崎弥太郎　武田晴人
伊藤忠兵衛　末永國紀
＊五代友厚　田付茉莉子
大倉喜八郎　村上勝彦
＊安田善次郎　由井常彦
渋沢栄一　武田晴人
中野武営　佐賀香織
益田孝　鈴木邦夫
山辺丈夫　宮本又郎
武藤山治　阿部武司・桑原哲也
池田成彬　松浦正孝

西原亀三　森川正則
小林一三　橋爪紳也
大倉恒吉　石川健次郎
大原孫三郎　猪木武徳
＊河竹黙阿弥　今尾哲也
イザベラ・バード　加納孝代
小泉八雲　斎藤英喜
＊林忠正　木々康子
＊森鷗外　小堀桂一郎
＊二葉亭四迷　ヨコタ村上孝之
＊正岡子規　井上泰至
＊夏目漱石　佐々木英昭
徳冨蘆花　半藤英明
巌谷小波　千葉信胤
樋口一葉　佐伯順子
＊島崎藤村　十川信介
泉鏡花　東郷克美
上田敏　小林茂
＊有島武郎　亀井俊介
志賀直哉　小林幸夫
北原白秋　平石典子
菊池寛　山本芳明
芥川龍之介　高橋龍夫
＊宮沢賢治　千葉一幹
高浜虚子　坪内稔典
与謝野晶子　佐伯順子
＊種田山頭火　村上護
＊斎藤茂吉　品田悦一
＊高村光太郎　湯原かの子
石川啄木　先崎彰容

萩原朔太郎　エリス俊子・栗原飛宇馬
＊原阿佐緒　秋山佐和子
＊狩野芳崖・高橋由一　古田亮
川村清雄　落合則子
＊小堀鞆音　小堀桂一郎
竹内栖鳳　北澤憲昭
黒田清輝　高階秀爾
中村不折　石川九楊
横山大観　高階秀爾
＊橋本関雪　西原大輔
土田麦僊　天野一夫
岸田劉生　北澤憲昭
濱田庄司　濱田琢司
＊山田耕筰　後藤暢子
松旭斎天勝　川添裕
中山みき　鎌田東二
佐田介石　谷川穣
＊ニコライ　中村健之介
＊出口なお・王仁三郎　川村邦光
＊新島襄　太田雄三
新島八重　佐伯順子
木下広次　冨岡勝
山川健次郎　小宮京・中澤俊輔
海老名弾正　西田毅
嘉納治五郎　クリストファー・スピルマン
柏木義円　片野真佐子
津田梅子　田中智子
＊澤柳政太郎　新田義之
＊河口慧海　高山龍三

*山室軍平　室田保夫
*大谷光瑞　白須淨眞
*久米邦武　髙田誠二
フェノロサ　伊藤　豊
井上哲次郎　井ノ口哲也
三宅雪嶺　長妻三佐雄
*岡倉天心　木下長宏
志賀重昂　中野目徹
徳富蘇峰　杉原志啓
*竹越与三郎　西田　毅
内藤湖南・桑原隲蔵　礪波　護
*廣池千九郎　橋本富太郎
岩村　透　今橋映子
*西田幾多郎　大橋良介
*金沢庄三郎　石川遼子
*柳田国男　鶴見太郎
厨川白村　張　競
*村岡典嗣　水野雄司
大川周明　山内昌之
西田直二郎　林　淳
*折口信夫　斎藤英喜
九鬼周造　古川雄嗣
三木　清　杉山直樹
シュタイン　瀧井一博
西　周　清水多吉
*福澤諭吉　平山　洋
成島柳北　山田俊治
福地桜痴　山田俊治
*村山龍平　早房長治
島田三郎　武藤秀太郎
田口卯吉　鈴木栄樹

*陸　羯南　松田宏一郎
有賀長雄　森田吉彦
*黒岩涙香　奥　武則
幸徳秋水　馬渕浩二
長谷川如是閑　織田健志
上杉慎吉　今野　元
*吉野作造　田澤晴子
*山川　均　米原　謙
*岩波茂雄　十重田裕一
*北　一輝　岡本幸治
*穂積重遠　大村敦志
中野正剛　吉田則昭
荒畑寒村　川村邦光
*満川亀太郎　福家崇洋
*エドモンド・モレル　林田治男
*北里柴三郎　福田眞人
高峰譲吉　木村昌人
田辺朔郎　秋元せき
*南方熊楠　飯倉照平
石原　純　金子　務
*辰野金吾　河上眞理・清水重敦
*七代目小川治兵衛　尼崎博正
本多静六　岡本貴久子
ブルーノ・タウト　北村昌史
ヴォーリズ　山形政昭・吉田与志也

現代

昭和天皇　御厨　貴
高松宮宣仁親王　後藤致人
*李方子　小田部雄次
吉田　茂　中西　寛
マッカーサー　柴山　太
鳩山一郎　楠　綾子
*石橋湛山　増田　弘
重光　葵　武田知己
市川房枝　村井良太
*池田勇人　藤井信幸
高野　実　篠田　徹
和田博雄　庄司俊作
ライシャワー　廣部　泉
朴正熙　木村　幹
*田中角栄　新川敏光
宮沢喜一　村上友章
竹下　登　真渕　勝
*松永安左エ門　橘川武郎
鮎川義介　井口治夫
*出光佐三　橘川武郎
*松下幸之助　米倉誠一郎
渋沢敬三　井上　潤
*本田宗一郎　伊丹敬之
*井深　大　武田　徹
*佐治敬三　小玉　武
幸田家の人々　金井景子
*正宗白鳥　大嶋　仁
*大佛次郎　福島行一
井伏鱒二　滝口明祥

*川端康成　大久保喬樹
*薩摩治郎八　小林　茂
坂口安吾　千葉一幹
太宰　治　安藤　宏
松本清張　杉原志啓
安部公房　鳥羽耕史
*三島由紀夫　島内景二
井上ひさし　成田龍一
R・H・ブライス　菅原克也
柳　宗悦　熊倉功夫
バーナード・リーチ　鈴木禎宏
*熊谷守一　古川秀昭
川端龍子　岡部昌幸
藤田嗣治　林　洋子
*井上有一　海上雅臣
*手塚治虫　竹内オサム
古賀政男　藍川由美
*吉田　正　金子　勇
*武満　徹　船山　隆
*八代目坂東三津五郎　田口章子
*力道山　岡村正史
*西田天香　宮田昌明
安倍能成　中根隆行
サンソム夫妻　平川祐弘・牧野陽子
*天野貞祐　貝塚茂樹
和辻哲郎　小坂国継
矢代幸雄　稲賀繁美
石田幹之助　岡本さえ
*平泉　澄　若井敏明
*早川孝太郎　須藤　功

安岡正篤　片山杜秀
*青山二郎　田野　勲
島田謹二　小林信行
田中美知太郎　川久保剛
前嶋信次　杉田英明
*唐木順三　澤村修治
亀井勝一郎　山本直人
宮本常一　須藤　功
知里真志保　モコットゥナシ
竹内　好　田澤晴子
*保田與重郎　谷崎昭男
石母田正　磯前順一
*福田恆存　川久保剛
井筒俊彦　安藤礼二
吉田　満　貝塚茂樹
佐々木惣一　伊藤孝夫
高田保馬　金子　勇
小泉信三　都倉武之
*瀧川幸辰　伊藤孝夫
式場隆三郎　服部　正
大宅壮一　有馬　学
*清水幾太郎　庄司武史
*フランク・ロイド・ライト　大久保美春
*中谷宇吉郎　杉山滋郎
今西錦司　山極寿一

*は既刊
二〇二〇年九月現在